講談社文庫

雪の王 光の剣

中村ふみ

講談社

目次

序章 10
第一章 囚(とら)われの光 21
第二章 再びの那由(なゆ) 62
第三章 奪還 103
第四章 嘆きの后(きさき) 138
第五章 凍える王 181
第六章 天の者　地の者 225
終章 303

イラスト／六七質

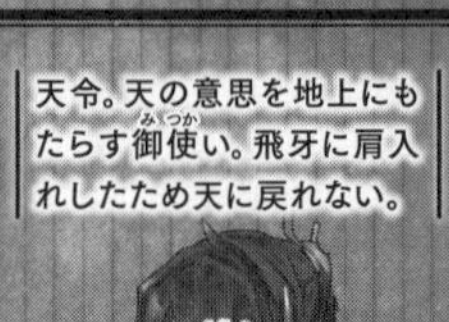

飛牙

徐の元王様。当時の名前は寿白。長い放浪生活ですっかりやさぐれてしまった。

裏雲
飛牙の乳兄弟。禁を犯して黒翼仙になった。
思思
城に囚われた駕国担当の天令。那兪とは旧知。
麗君
駕国王・蒼波の后。王と共に柳簡の傀儡と化す。
汀柳簡
権力を掌握する駕の宰相。その身に秘密を宿す。

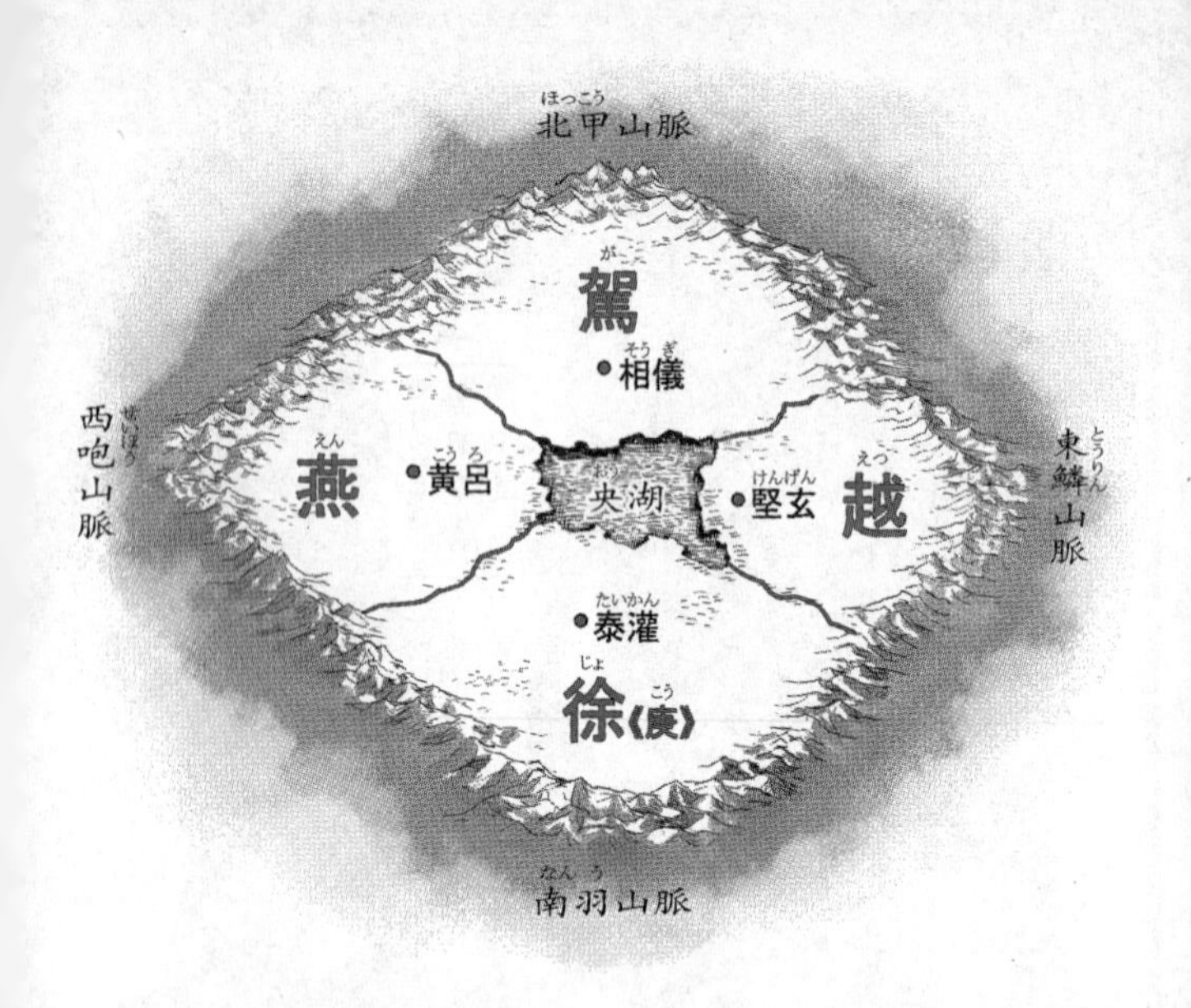

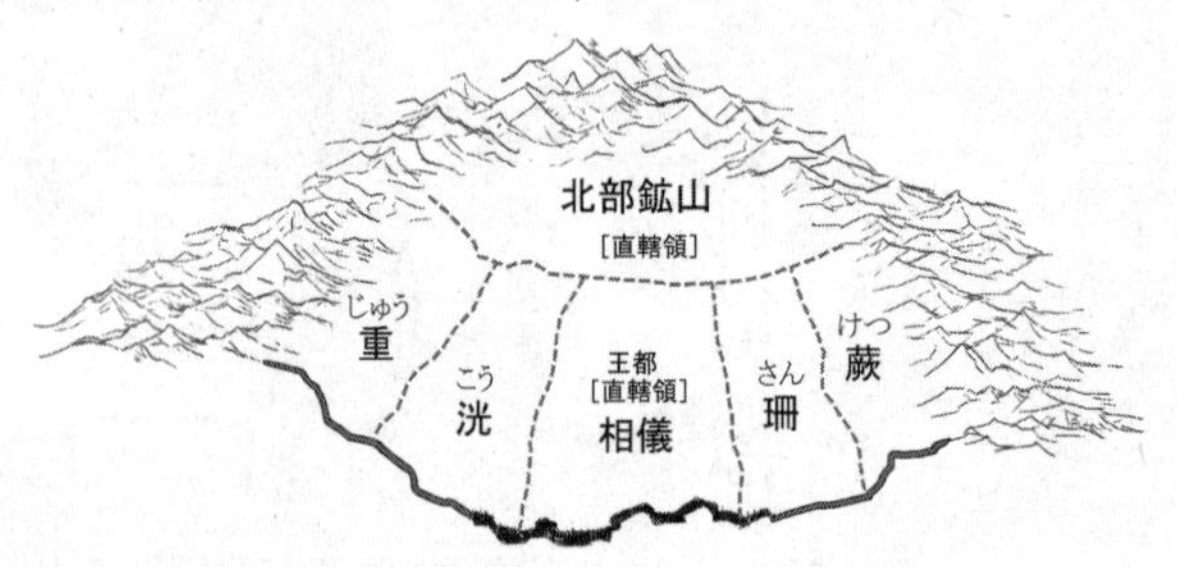

地図作成・
イラストレーション／六七質

雪の王　光の剣

いずれ私は始祖王と呼ばれるだろう。

天下四国の始まりの王という意味で。

四国最北の王国には氷の玉座があった。それはいかに熱く国を治めようとも決して温まらなかった。

この国を温めるにはどれほどの歳月が必要なのだろうか。

なのに私は生きられない。

貧しい凍えた王都を見下ろし、首を振った。

「駕国を豊かにしたいだけだ」

応えてくれ――雲の向こうに天があるというなら。

応えてくれぬというのなら、私は他の始祖王とは違う道を選ばなくてはならない。

……玉座が温まるまで。

序章

また冬が来る。

枯れた葉を見つめ、蒼波は呆然と立ち尽くしていた。

今年の冬は厳しい。毎年そう思う。厳しくない冬など来たためしがない。民が凍えて死ぬと思うと蒼波の胸は痛む。薪は確保できているのか、食料の備蓄は――極寒の冬を乗り切る備えが心配でならない。

せめて国政に参加できたなら。この手で倒れた民を温められるなら。

すべては叶わぬ夢。これから王になろうというのに。

「殿下、そろそろ」

奥から后の麗君が現れた。すでに着替えを終えている。神聖さを強調した純白の装いの麗君は氷でできた女神のようだ。

「……そうだな」

麗君とは祖父同士が兄弟であり、幼い頃からそばにいた。去年十五で夫婦となった。そして先月、王である父が崩御した。

　駕国の王族は呪われている。四十を過ぎて死んだ父はもったほうだ。短命な上に子供が少ない。そうした状態がずっと続いているのだという。

　王太子夫妻の部屋は繊細な調度品が置かれている。美しい夫妻もまた王宮の調度品なのだ。その中で暖炉の炎だけが生き物のように赤々と揺らめいていた。

「本当にご立派なお姿です」

「君もだ。これほど美しい后はどこにもいないだろう」

　二人で褒め合い、照れくさくなってくすりと笑った。年相応の笑みは二人のときにしか見せることはできない。

「いよいよでございますね。これからは陛下とお呼びしなければ」

「王か……それなら麗君も王后陛下だな」

　即位の儀を控えた二人は束の間手を取り見つめ合っていた。本来なら晴れがましい筈のこの日、心から笑えたならどれほど素晴らしいだろうか。自分は何一つ妻に報いることができない。

「後宮を造り、わたくし以外の妻妾も用意されることでしょう。気にしておりませぬゆえ、お気遣いなく」

　王の最大の仕事は子作り。それはどこの国も同じだろう。だが、駕国はもっと切迫している。なんといっても王族自体が絶滅寸前なのだから。

「少しくらいは気にしてほしいよ」

「……妬かぬおなごがいましょうか。でも、後宮には美しい娘が次々と入るのです。心構えだけは」

決意を込めたように麗君はぎゅっと手を握る。この娘が愛おしいと蒼波は心から思った。

「心許せるのは麗君だけだ」

「わたくしも」

この牢獄で信じ合えるのは互いだけだった。幼い時から支え合い、慰め合って生きてきたのだ。

「遅くなれば宰相がここに来てしまう。参ろうか」

「はい。楊近が廊下で待っております」

楊近とは宰相の右腕。常に王太子夫妻の動向を監視している男だった。

部屋を出ると、待機していた楊近は深々と頭を下げた。痩せて冷たい目をした男は即位前の見目麗しい若夫婦の姿にもなんの関心もないように見えた。

「どうぞ、こちらへ」

夫妻に先に行くよう促す。

暗い廊下を通り、東にある天窓堂を目指す。この城には温かみというものがないが、冬が近づいている今は尚更だった。風が吹き抜ける渡り廊下は身を切られるように寒い。それでも、庭に咲くわずかばかりの花が色を添えてくれていた。

天窓堂とは天より賜りし玉を祀る祈りの場。即位はそこで厳かに行われるという。蒼波も立ち会ったことがないのでよくわかっていない。

（天令がおいでくださると聞くが）

果たしてそれすら叶うものやら。

なにしろ、この国の天窓堂には玄武玉がないのだから。

玉を見たこともない。そんな王がいるだろうか。そんな者が王位について何ができるというのか。

情けないを通り越して罪深くすらある。駕国の人口は他国の半分ほどしかないらしい。この国力の無さを他国に知られれば天下四国の均衡が崩れる。宰相はそう言う。だから国を閉ざしたのだと。

そうではない。鎖国したのはむしろ国民に逃げられないようにするためだ。これ以上人が減れば国を維持できなくなる。それこそ宰相がもっとも恐れていたことだろう。

駕国は腐ることもできないまま、三百年凍りついているのだ。

円形の優美な形をした天窓堂が見えてくる。その扉を開けると、すでに宰相柳簡(りゅうかん)が中で待っていた。いたのは老宰相だけではない。

(この少女は……!)

氷でできているような銀色の髪をした少女であった。圧倒される目映(まばゆ)さは人のものではない。

「ずいぶんゆっくりと歩いて来られたようですな」

宰相は皺(しわ)を深くして笑った。

「柳簡殿……その少女はまさか」

「はい。即位の儀に天令が降臨するのは当然のこと」

蒼波はにわかに混乱した。天令が銀の髪をした美しい少女の姿をしているというのは先祖の残した書物などで知ってはいたが、天窓より淡い光となって現れるものだと思っていた。

「天令は天から光となって降りてくるのではなかったのですか」

「このようにしっかりと人の姿になることもできるのです。殿下の即位のためにこの形を選んでくれたのです」

天令など初めて見る。そう言われてしまえば納得するしかない。少女がずいぶんと不機嫌に見えるのも気のせいなのだろう。きっと天令とはそうしたものなのだ。見事な装束を身につけているが、首飾りだけは無骨で装飾品には見えなかった。

（しかし……美しい）

生身の人の形はしていても、天令と言われて納得できるだけのものがあった。

「そなたが次の王か？」

ぞんざいな口調で少女に問われ、蒼波はたじろいだ。

「は……はい。蒼波と申します。こちらは妻の麗君で」

麗君は夫の後ろで天令に跪いた。

「お目にかかれて――」

「そのような挨拶は無用。この国の即位において天令を呼ぶ意味があるとは思えぬが、仕事だから来てやった。玉を受け取れと言いたいところだが、これも叶わぬか」

天窓堂には玉がない。授けるものすらないのに呼ぶ必要があるのかと天令は言っているのだ。口調は冷静だが、これは痛烈な怒りではないのか。

「なんという国か」

その言葉は蒼波の胸をえぐった。守護者である天令にこれほど疎まれている国があるだろうか。

「天令よ、教えてください。玄武玉はどこにあるのですか」

蒼波はひれ伏して問うた。天令に会える機会など二度とはない。なんとしてもここで訊かなくてはならなかった。

「そなたはそんなことも知らないのか。考えればわかることだ。駕国では玉は子孫に伝わっていない」

蒼波は目を見開く。それはつまり――

「目に見えるものに囚われる必要はありませんぞ。玄武玉は我らと共にあります。さあ、天令よ、新王にお言葉を」

宰相柳簡が天令との会話を遮った。

「駕国の新たなる王蒼波よ。天に恥じぬよう精進せよ」

少女はおざなりに言った。

(やはりこの国のあり方は罪なのだ。天は快く思っていない)

そのことを思い知らされ、身が竦む。

「教えてください。天は我らをどう思っているのですか」

「そなたはどうしたいのだ」

問い返され、蒼波は答えられなかった。王になろうというのに、何も策がない。何を考えたところで無駄だと諦めていただけだった。

「これにて即位は果たされました。国王陛下並びに王后陛下に心からお祝い申し上げます。若き両陛下をお迎えし、駕国ますますの繁栄となりますことでしょう。宴は後日、太府らを招き行うこととしますゆえ、まずはお休みください」

急き立てられるように宰相にこの場を収められると、天令は呆れたように顔を背けた。

(……この国は〈彼〉個人のもの)

名目だけの少年王がどうにかできるものではない。

「精進してまいります。ありがとうございました」

天令に礼を言うと、蒼波は踵を返した。情けなくて麗君と目を合わせることもできない。ただ少女に軽蔑され、おのれの惨めな立ち位置を思い知らされただけだった。

これが王。

年若いことはなんの言い訳にもならない。若き国王夫妻は並んで天窓堂を去って行く。その胸には喜びも希望もなかった。これほど惨めな王がいるだろうか。

秩序と義の越国、天官の女王が治める燕国、肥沃な領土を持つ徐国。それに比べ、駕国はなんと哀しい国であることか。誰一人この国に明るい未来など描けていない。

渡り廊下を歩いている間、二人は何も話さなかった。無力を思い知らされ、ただ打ちひしがれていた。

夫婦の部屋に戻ると、ようやく吐息が漏れる。

「悔しい……」

その場に崩れ、蒼波は床を拳で叩いた。

「……陛下」

「私はこの寒々とした城の彫像に過ぎない。天令にあれほどまで蔑まれ、返す言葉もなかった。不甲斐ない夫で本当にすまない」

十六の少年の双眸から涙が滂沱と流れる。

「何をおっしゃいますか。わたくしがいます。共に考えましょう。この国の王としての生き方を。何かできることはある筈です」

同い年の妻はまるで姉のようだ。いつも心弱い夫を支えてくれる。

「聞いてください。お伝えするべきかどうか迷っていましたが……天令様のことです」

「天令？」

蒼波は顔を上げた。

「侍女から聞いたことがあるのです。宰相閣下が銀色の髪の少女をずっと閉じ込めていると。もしやそれはさきほどの天令様なのではないでしょうか」

妻から打ち明けられた話に、蒼波は瞠目する。

「まさかそのような」

「わたくしもその話を聞いたときは、宰相閣下は異境の娘を囲っているのだろうと思ったものです。ですが、先日古くからいる侍女がこう申したのです。閣下が隠している少女は何年たっても少女のままだと。天令は何百年たとうとそのままの姿なのですよね」

麗君は震えていた。どれほど恐ろしいことを話しているか、わかっているのだ。

「信じられない。天令を自由にできるものなのか」

そう言いながらも蒼波には思い当たることがあった。天令の首飾りだ。鉄製で、宝石の一つもついていないというのに、見たこともない文字が刻まれていた。

「失礼いたしました。きっと、わたくしの思い違い。いくらなんでもそのようなことがあるわけがございません。どうか忘れてくださいませ」

蒼波は押し黙っていたが、やがて首を横に振った。

「聞かなかったことにできるほど、卑怯（ひきょう）にはなれそうにないよ。宰相が天令を監禁しているなどどれほどの罪か。このことを調べ、もし事実なら天令をお助けしなければ。それでも天は許してくれないだろうけれど」

あの少女の冷たい瞳にはそうした怒りも含まれていたのか。何も知らず即位に臨んだ王太子にさぞや失望したことだろう。天に仇（あだ）なす国の王と思われてもしかたがない。

「ですが……陛下の御身に危険が及びます」

「宰相を恐れて何もしなかったなら、私は王を名乗ることはできない。止めないでくれ。これだけは誇りの問題なのだ」

必ずや明らかにしてみせる。天令にひれ伏して謝らねばならない。それが王としてしなければならないことだった。

「陛下……一人で思い詰めないでください。わたくしにも王后としての責務があります。苦難は共に」

その言葉はありがたかったが、愛しいからこそ巻き添えにだけはできない。蒼波は強く胸の内で誓った。

決して宰相に怯(ひる)みはしないと。

天下三百二年、晩秋のことであった。

第一章　囚われの光

一

天下四国は冬の季節に入っていた。中でも北の駕国には本物の冬がある。

裏雲は暗い灰色の空を見上げた。不思議なもので、駕国に入っただけでも空気が重く感じられたが、今足を踏み入れたばかりの王都相儀はまた格別に暗澹たるものがあった。

遠く見える王宮は見事だ。燕の王宮に似た円形の屋根を持つ。建築様式や文化に、駕は西異境北部からの影響を強く受けていた。

異境と天下四国を隔てる山は険しく、往来できるのは短い夏の間だけだろう。初代の頃の王たちが建築家を招いて建てさせたと聞く。街行く人々の装束も毛皮や毛糸が使われた異境風の物が多い。天下四国の中でも違う趣のある国だ。

北部には地下資源も多いという。その資源を越と燕に輸出もしていたのだが、鎖国の影響で近年はそれも途絶えがちらしい。

裏雲はこの街並みを気に入っている。重く荘厳で悲劇の歴史を感じさせる国だ。今のおのれにはもっともしっくりくる。

東の越国での屍蛾大襲来から二ヵ月が過ぎていた。冬が近づく時期に国境を越え、北へ北へと移動していたのだから、ここ駕国の民の表情はどこよりも暗い。寒さを凌ぐためか、酒に溺れる者も多い。この寒さではうっかり路地で酔い潰れれば確実に死ぬ。それでもいいと思っている者が少なくないようだ。

「みゃあお……」

子猫が小さく鳴いた。寒さが苦手な宇春はずっと裏雲の懐に入ったままだ。どの暗魅にも弱点はある。

「すまないな」

着物の上から撫でてやった。宇春が甘える声を出すのは珍しい。それだけ寒さが堪えているのだろう。

とりあえず、宿を取り長旅の疲れを癒やすことにする。越の王宮で暗魅相手に大立ち回りをしてまもなくの旅立ちだった。羽も足も休めなければならない。

駕国の偉い人に招かれたのだから、早めに王宮に潜り込みたいと思っている。これでも律儀な性格だ。

(殿下の傷は癒えただろうか)

ふと東南の空に目をやる。越で大人しくしていればよいが。そんなことを思いながら宿を取った。

「休むといい」

子猫が肯(うなず)いた。寝具の中に自分から潜っていく。建物の壁は厚く、外に比べると随分楽だ。壁に埋め込まれた暖炉に火も入れた。

裏雲は食事のために再び外に出た。この国はあっという間に夜になる。雪が降ってきた。ひどく積もることはなさそうだが、一気に冷え込む。

宿の近くの食堂は半分ほど客で埋まっていた。酒場も兼ねているにしては陰気くさい。裏雲は空いている席に座り、壁に飾られた肖像画を眺めた。

(駕国の国王夫妻か)

若いというより幼いくらいの男女が並んでいる。十年も前に描かれたものだから現在はもっと大人だろう。美しい夫妻だが、物憂げで幸せそうには見えない。

「いらっしゃい、あらこんな綺麗(きれい)なお客様は初めてだわ」

給仕の女が注文を取りにきた。

「今日都についたばかりです。冷えますね」

「また長い冬よ、嫌になるわね。ここより南から来たの？　気をつけないと寝ている間に凍死しちゃうからね」

「ご忠告ありがとう。あれ、いい絵ですね。前に見たものよりずっといい」

両陛下の肖像画を指さした。

「ああ、地方は複製の複製なんでしょ。ここはまだ最初の複製だからね、実際の絵に近いと思うわ」

「陛下にお会いしたことはありますか」

「まさか。陛下は城に籠もりっきりよ。田舎から出てきたって知ってるでしょ。実際は宰相閣下が全部やってるって」

鎖国している国に他国の者がいるわけがない。だから裏雲も国境を越えて来たことを気取られないように気をつけていた。

「都ならお目にかかれることもあるのかなと思ってね」

「生まれも育ちもここだけど、王様なんて先代から一度も見たことないわよ。さ、何食べる？　今日のお薦めは根菜のとろとろ煮込み」

「では、それで」

適当に注文すると女は厨房(ちゅうぼう)に戻っていった。

　どこの国の王様も役にたっていないらしい。他三国は改善の兆しが現れてきたようだが、果たしてこの国はどうなるのか。

（そんなことより、あの老人だ）

　都に来るまでの間、話を聞き予想はついている。月帰（げっき）を連れ、越に現れた幻影は駕国宰相の汀柳箇（ていりゅうかん）だ。王族が三人しか残っておらず、うち二人が若い王と王后（おうごう）ならば宰相以外該当する者はいない。

　まさか宰相自ら誘ってくるとは。何が目的なのか、興味深い。

「おまちどおさま」

「これは体が温まりそうだ。ところで陛下にはまだお子様はいらっしゃらない？」

「そうよ。ねえ、どんな田舎から来たのよ。どこかの殿下みたいな顔して」

　思わず苦笑した。

「世間知らずなんです」

「太府（たいふ）のお坊ちゃまが勉強に来たとか？」

「では、そういうことで」

「なによそれ。まあいいわ。ほんとご結婚なされて十年以上たつけどお子様はまだね。このままだとこの国もどうなることやら。ここだけの話だけど」

　女は声を潜めて耳元に顔を近づけた。

「いっそ越か燕に併合されたほうがいいんじゃないかって、みんな言ってる。そのほうがましだろうって」

これはまた辛辣だ。

「ねえ、教えてよ。ほんとは黒翼院で勉強するために来たんじゃないの」

黒翼院とは王都にある術師の学舎らしい。何故この校名なのか気になるところだ。

他の三国では術師はたいてい弟子入りする形だ。駕国のみこういう学舎があるのは、それだけ術師の育成に力を入れているということ。卒業すると国の官吏や上級軍人になる。それがまともな軍隊のないこの国の防衛力を担ってきたのだ。

「あたしね、好きな男がいるんだけど、恋のおまじないとか知らない？」

「あなたならおまじないは必要ありません」

食事を終えると半銀を置いて立ち上がった。

「お上手ね。まあいいわ、まいどあり」

女に機嫌良く手を振られ、裏雲は外に出た。

温まった体が一瞬にして凍える。長く外にいれば歯の根が合わなくなるだろう。こんな過酷な土地にいても、誰かを愛する気持ちがあるのだから人はなかなかしぶとい。

宿に戻ると、子猫が鼠を捕まえて食べていた。たまに少女の姿のまま食べているときもある。あれはあまり見たいものではない。

「少しは元気になったか」

食べることに夢中で猫は返事をしてくれなかった。

真夜中になったら王宮に忍び込むとして、今は少し仮眠をとることにする。人の半分も眠れば充分だ。

目を閉じただけで眠ってもいないのに悪夢が襲ってくる。いつものことだ。血塗れの死に顔がいくつも浮かんでいる。

（きっと私が殺した者たち）

多すぎて覚えていないが、そういうことだろう。

あれは白翼仙の命梓。不思議と師匠は微笑んでいる。あの笑顔と信頼を裏切ったことは翼を焼かれても贖えない。

苛まれながら浅い眠りにつく。

殿下の傷は癒えただろうか。無理をして起き上がろうとしていないだろうか。あの可愛らしい天令もいないのだから、大人しくしていてくれればいいのだが。

（……殿下の見る夢も苦しいに違いない）

ならば耐えよう。焼き尽くされるその日までは。

＊　＊　＊

『そこで反省しておれ』

少年は獄塔の中に放り込まれた。冷たい床からは饐えた臭いがしてくる。

『父上、言い訳はいたしません。ですが、悧諒は殿下に多くのことを知っていただきたかったのです』

悧諒は食い下がった。そこだけは父にだけでもわかってもらいたい。

『殿下にもしものことがあれば、どうする気だった』

趙将軍の低い声が石造りの獄塔に響く。

『そのときは命に代えてもお守りします』

凛として答えた。その覚悟がなくて殿下に仕えることなどできようものか。

『……そして私は殿下とおまえを失うのか』

徐国きっての大将軍の声が消え入りそうになる。父は殿下だけでなくこの身も案じてくれていたのだ。

『殿下もおまえも徐国の宝だ。私も多くのことを学んでほしい。だが、王都は決して治安がいいとはいえない。この国は九つもの郡を持つ。目が行き届いているとは言いがたい。近年は不作も続いていて、食い扶持を求め王都に逃げてくる者も多い。いくら粗末な格好をしても殿下やおまえを見れば、そこいらの子供でないことは気付かれてしまうだろう。わかるな』

『はい……』

諭すような父の声音が胸に染みていく。

『私はこれから急ぎ坤郡へ視察に向かわねばならぬ。明日の朝には部下が出してくれる筈だ。それまで頭を冷やすがいい』

趙将軍が出て行き、獄塔の扉を閉めるとすぐに暗くなった。ここには小さな窓しかないからだ。まもなく日が落ちれば真っ暗になる。十になったばかりの子供はたった一人で暗闇と孤独に耐えなければならない。

街に出たがる寿白殿下を止めることはできた。だが、悧諒は一緒に街に出ることを選んだ。もちろん日暮れまでには戻ってきた。王后陛下も悧諒を叱らないでやってくださいと父に言ってくれた。だが、父はその言葉に甘えるわけにはいかなかったのだろう。

街には喜びも悲しみも飢えもあった。殿下はそれらを知り、直接触れた。殿下が希代の王になるための、きっと糧になるに違いない。それを思えば悧諒に後悔はなかった。

日は落ち、獄塔の中は深い闇に包まれた。主に過ちを犯してしまった王族や高い身分の者が入れられた獄だ。最上階には数十年幽閉された者もいたという。ここは一階だが、それでも恐ろしかった。

母は悧諒が赤ん坊の頃死んだ。大将軍の一人息子として雄々しく育ってきたつもりだ。こんな闇など怖くない。たとえ怨嗟に縛られ迷い続ける魂があったとしても。

(怖くない……怖くない)

自分に言い聞かせ、悧諒は壁にもたれた。一枚貰った寝具にくるまり、何も見ないよう、聞かないようにして、必死に眠ろうとした。

『……悧諒、いるよね?』

殿下の声だった。

『殿下?』

『そこにいるの。よかった、見えなくて』

『いけない。こんなところに来ては。見つかるから』

『もう見つかった。父上が行きなさいって言ってくれた。そなたも一緒に反省しなさいって』

陛下らしい心遣いだった。

『牢の鍵はどの兵士が持っているのかわからないから開けられない。だから朝までここにいる。配下の兵に鍵を開けてもらおうとしたら、手を出された』

　それは金銭の要求だ。無垢な殿下はそんな兵が城内にいるということに驚いたことだろう。

『軍の規律が緩んでいるようだ』

『やんわり断ったんだと思う』

　殿下は性善説に基づき、良い方に解釈する。まだ九つ。時間をかけ、清濁併せ呑む王に成長させなければならない。

『私の殿下……』

『悧諒、ごめん。我が儘に付き合わせたせいだ』

『慣れている』

『嫌いにならないで』

『なるわけがない』

　どんなに努力したところでそれだけは無理なこと。

『ここは恐ろしい。こんなところに来てはいけなかったのに』

『すごく怖い。でも、どんなに怖いところでも悧諒がいるなら行く。そこが私の居場所だから』

　明かり取りの小窓から月光が差し込んできた。愛しい者の姿が見えてくる。二人の子供は格子越しに見つめ合っていた。

『ここには幽霊がいるって言われている』

『大丈夫。悧諒には私がついている』

それは私の台詞だと思ったが、言い返さなかった。ちょっと喉の奥がつまったからかもしれない。二人の子供は横になると、牢の格子越しに手をつないだ。

『昼は街を探検して、夜はここ。今日は冒険したね』

寿白殿下はころころと笑った。本当は笑い事ではないのだが、怒る気にはならなかった。何故なら悧諒も今日は最高の一日だと思ったからだ。

怖がっていたわりには、殿下はあっさり眠ってしまう。無理もない。

『……私だけの殿下』

月が小窓を通り過ぎるまで、悧諒は殿下の寝顔を見つめていた。

* * *

(私だけの——)

深夜になり、裏雲は目を覚ました。怪我をしている殿下を越に置いてきたせいだろうか、こんな夢を見るのは。

残念ながら殿下は春まで駕国に来ることはできない。幼いあの日、悧諒がいるなら行くと言ってくれたが、それも無理というもの。今頃越の王宮で怪我を癒やしながら、正王后の話し相手になっているだろう。

隣で眠る子猫も目を覚まし、問い掛けるようにみゃあと鳴いた。

「私は城へ行く。宇春はついてこなくていい。私が戻らなかったら、好きなところで生きてくれ」

不満を表明するように猫の目がつり上がった。

「嘘だよ。戻って来るから待っててくれ。ゆっくり休みなさい」

こうでも言わないと納得しそうにない。猫は不審の目でこちらを見上げていたが、とりあえず了承したようだ。

さて、王宮に潜り込むとしよう。あそこにはとんでもない陰謀が渦巻いている筈だ。宿の裏に回り、翼を広げた。寒すぎて翼もすくみそうになるが、それはそれで心地良かった。近いうちに天に焼かれてしまうであろう翼にちょうど良かったのだろう。

「いざ」

厚い雲からは雪がちらつく。星も見えない空は夜を深くする。上空から見た王都の灯りは天下四国でももっとも寂しいものだった。

おそらく暖房以外に燃料を使うことが難しい状態なのだろう。当然色街など論外だ。

黒い空を羽ばたき、王宮へ向かった。

魔窟に向かう前に見た夢を思い出して唇が緩む。厳寒の風がそんなたるんだ気持ちを叱り飛ばしてくる。

あの怪物が待っているのだ。まずはこの国の王がどういう状態にあるか調べる必要がある。駕国王蒼波（そうは）は第二十一代。王の交代が早いのは短命だからだという。寒さの厳しい国の者が短命になるのはわからないでもないが、果たしてそれだけなのか。

王宮上空までやってきたが、ここも灯りは少ない。防寒のために窓自体が多くはないのだろう。こちらにとっては侵入しやすいということだ。ただし羽音すら響きかねないほど静寂に包まれているので、気をつけて下りる。狙いは城の屋上部分だった。下には灯りを持った歩哨（ほしょう）はいるが、気付いてはいない。上から襲ってくる敵などいないのだからこちらを見上げることもなかった。

階下に下りるための扉に鍵はかかっていなかった。ただ、凍り付いていて開けるのに一苦労させられた。中に入り身なりを整える。こうすることで誰かと鉢合わせしても誤魔化しが利く。このために街で着替えてきた。あとは宿直の官吏のように堂々としていればいい。

王宮内に入り込み、夜の廊下を歩く。上空から見た形状を思い起こし、王の寝室と目星をつけた場所に向かう。

廊下を照らす灯りが揺れていた。氷の城は屋内でも息が白くなる。

（ここか）

王宮の造りなどどこもそうは違わない。扉の小窓から灯りが漏れている部屋を見つけ、王の私室と確信した。

見つかっても誤魔化せる自信はある。少しだけ扉を開けてみた。

「陛下、そろそろお休みになっては」

奥から男の声が聞こえてきた。国王付の官吏だろうか。

「そのまま眠られてはなりません。まずはこちらにお着替えください。はい、腕を少し上げていただけますか。脱ぎましたら、体を拭かせていただきます」

ずいぶんと細かく世話をしているようだ。いかに王とはいえ、大の大人にこれはやりすぎではなかろうか。

（しかし、王の声がしない）

そこが気になるところだ。

「ひどいことです……陛下が何故このような目に」

男の声が涙声になった。

「先代に続いてこのような。閣下はなんとひどい」

閣下とは宰相のことだろう。

「いかに神にも等しい御方とはいえ、これでは国に天罰が下りまする。光まで盗むとは恐ろしい……なんということを」

男の声は震えていた。

「ですが……ですが、先日越とも取引のあるという商人から聞きました。徐国は一度滅びながらまた甦ったそうです。殺されたと思われていた王太子が現れ、圧政と飢骨に苦しんでいた民を救い、徐国を建て直したと。我が国にもきっと希望はあります。志のある者はおりますから」

寿白殿下の英雄伝説は鎖国をしている国にまで届いていたらしい。

「私は駕国の行く末を諦めませぬ。陛下もきっと元にもどります。この皓切がお世話いたしますゆえ。では、お湯を捨ててまいります。しばしお待ちを」

裏雲はすぐに曲がり角に隠れた。桶を持った男が部屋を出てくる。それを見送り、裏雲はすぐに王の部屋に入った。広い部屋には異境風の見事な調度品が並ぶ。なかなか趣味のいい部屋だと思った。

衝立の向こうに寝台があるようだ。覗き込むと若い男が寝台に横たわっていた。眠っているわけではない。開かれた目はぼんやりと天井をみあげている。

（この目は……）

おのれを持っていない者の目だ。なにより裏雲がいることにも気付いていない。

（脱魂の術にかかっているのか）

つまり王は本物の傀儡（かいらい）ということになる。丞相（じょうしょう）や摂政が権力を握ることはどの国でもあるが、これはまた徹底している。

「陛下、ご機嫌はいかがですか」

裏雲は声をかけてみた。

「……誰？」

王は初めてそばに誰かいると気付いたようだ。寝たままの顔を裏雲の方に向ける。少年の頃に描かれた肖像画どおり、端整な顔立ちをしているが、その目はうつろだ。

「城に仕える者にございます。ところで殿下はおいくつになられましたか」

「歳（とし）……？　十六だけれど」

どうやらかれこれ十年ほどもこの状態らしい。

「奥方様はどこにおいでですか」

「おくがた……？」

妻の存在もあやふやになっているようだ。そっとその頰に指を触れてみた。

「覚えていることを教えてください」

こめかみを軽く押す。こうなる前の記憶まではなくなっていない筈だ。それを少しでも思い出してもらうしかない。

「母が死んで……父がやられた」

「それから？」

「麗君(れいくん)がいて……即位した……綺麗な天令が閉じ込められていた」

はらはらと青年は涙を流した。声がつまり、それ以上はもう話せないようだった。

「どうかお休みください」

裏雲は王の涙を拭ってやると、目蓋に手をかけ閉じさせた。

正気に戻せないか試みてみたが、術が強すぎて難しい。無理をすれば逆に壊れてしまうだろう。ここは諦めるしかない。

それにしても天令が閉じ込められていたとは、どういうことなのか。言葉通りなら宰相が監禁しているということだろう。父親である先代王がやられたというのも、宰相に関わりがあるとみた。

「いい夢を」

眠りにつこうとしている王にそう言い残し、裏雲は部屋を出た。入れ替わるように皓切が戻ってくる。

（天令と王后……調べてみるか）

　足音をたてないように裏雲は再び歩き出した。

　ふと、廊下の明かり取りの窓から光が走ったように見え、はっとして窓に駆け寄ったが一瞬のことだったらしく、外はただ真っ黒いだけだった。

「さて……今のはたぶん」

　その光に思い当たることがあった。

二

　同じ夜、光の者もまた王宮に向かっていた。

　わずかだが天令の光を感じる。封じたところで完全には消せない。同じ天令だからこそわかるというもの。

　駕国の天令は思思(しし)といい、少女の姿をしている。那俞(なゆ)と同じように銀色の髪をして、自分が守護する国を苦々しく見つめていた。

　詳しいことは知らないが、いつからか見かけなくなった。思思はこちらを小馬鹿にするような態度だったが、それでももっとも話をした天令であっただろう。

『落ちこぼれ天令、おまえはいつも失敗ばかりだ』

　よくそう言われたものだ。

（そっちだってこの様だ）

那俞は音信不通の思思のことを調べに行く。

頭の中に靄がかかったようだ。矯正のあとは記憶が少し飛ぶ。だが、飛んだのはほんの十年といったところ。全然たいした時間ではない。

矯正されたのだから何かしでかしたのだろう。それも思い出せないが、今は任務を遂行するだけ。

真っ黒い空を走る一筋の光となり、那俞は城内北側にある棟の上を目指す。灯りの見える小さな窓を目掛け突っ込んだ。

中に入り、人の姿に戻ると那俞は小さく吐息を漏らした。

「遅い」

思思は椅子にふんぞり返り、偉そうな声で迎えた。

「しかもそなたか」

長い銀色の髪を片手で払い、ふんと鼻を鳴らした思思は不機嫌そのものだった。その首には天令の力を封じる呪文が彫られた首輪がつけられている。

「そなたが使いとは、私も安く見られたものだな」

「人ごときに長いこと捕まっていたわりには元気そうだ」

那俞にあっさり言い返され、思思はむっとしたようだ。

「そなた、少し変わったな」

「別に変わってない。それより、ここから出て行く気はあるのか」

「当たり前だ」

銀色の髪の少年と少女が睨み合う。

「徐国の方はいいのか。いろいろあったようだが」

「徐国は滅亡した」

「再興したのではないか」

「徐が……さあ？」

那俞は思い出せなかった。そんな大きな出来事があったのか。思い出そうとすると、目眩がする。

「寿白の弟が王になっていると聞いた」

「寿白に弟はいない。何を言っている」

少女はやれやれと肩をすくめた。

「さては矯正されたな。何をしでかした？」

「わからない」

「……だろうな」

「そんなことより首輪を見せてみろ」

那兪に言われ、思思はうなじから髪を掻き上げた。

「完全に溶接されているのか。鍵もないとは」

「だから逃げられなかったのだ。首が傷ついても死にはしない。切り落とせないか」

「首をか？」

「首輪だ」

確かに天令といえど首を斬り落としたらどうなるのか。やったことがないのでわからない。まあ、やめた方がいいのだろう。

「これを外さないことには光にして連れていくことはできない」

「それならこのままここを出て、邪魔の入らない場所で準備を整え外すしかない。私を連れて逃げられるか」

「城で騒ぎを起こしていいなら全員光で目を潰して走り抜けるが、どうする？」

思思は考え込んだ。派手なことをして事を荒立てたくないのかもしれない。天には駕国を潰すことなど造作もないだろう。このような目に遭わされていても、この国に情がないわけではないらしい。

「穏便にできぬか」

「だったら出直すしかない」

「那兪よ。天はこの国をどうするつもりなのだ？」

「知らぬ。そなたをここから出し、天へ戻すのが私の使命だ」

那侖としてはそれ以外の余計なことはしたくない。さっき聞いたばかりの徐国のことが気になった。

「そなたは地上への関心は強いが、天に疑問は持たぬのか」

「……持ってどうなる」

問い返され、思思は綺麗な顔で眉根を寄せた。

「わかった。しかし、出直すなら天令万華（てんれいばんか）の形で来い。おそらくここの宰相は何の光か気付いた筈だ」

「宰相とやらは、まだ――」

那侖の問いかけが終わる前に、外側から部屋の扉の鍵が回る音がした。どうやら宰相が駆けつけてきたらしい。

「早く行け。あの男は天令より力がある」

思思は小さな本棚を少し押すと、壁に空いた小さな穴を指さした。蝶（ちょう）の姿になってまずはここに入り込めということだろう。確かに光より目立たない。

「あとで来る」

言われたとおり、那侖は青い蝶の形になると壁の穴から潜り込んだ。幸い中は空洞になっている。防寒のために外壁が二重構造になっているのだろう。すぐに思思が本棚を元に戻した。完全な闇だが、天令には問題ない。光になって城から出るなら朝日に紛れた方がいいと考え、今しばらくこの王宮に留まることにした。

扉が開いて、人が入ってくる音がした。

「夜遅いというのに何事だ。勝手に入るでない」

思思はこれでもかと不機嫌な声で宰相を迎えた。

「天令殿にお客人がいらっしゃったようなので、ご挨拶にと思いまして」

嗄れた老人の声だった。ひどく不気味に聞こえるのは汀柳簡が何者であるか知っているからかもしれない。羽音一つたてないよう那兪はじっと息を潜めた。

「なんのことだ」

「眉一つ動かさず、ぬけぬけとおっしゃるとは。さすがですな」

おそらくここで思思は不敵にふんぞり返ったに違いない。

「客がいないことがわかったのなら、とっとと帰れ。そなたの顔を見て楽しいと思うか」

「しかし、光が矢のようになって王宮へ向かってきたのです。あれは天令でありましょう」

「知るか。天令が天下四国を飛び回るのは珍しくない。それが仕事だ」

「助けに来られたと考えるのが妥当かと」

「そうだな。そのうち天も動くだろう。警告する天に滅ぼされぬうちに、このような振る舞いをやめることだ」

ここで宰相はくすりと笑ったかもしれない。

「天がそう言ってきましたかな」

「知らぬ。私の忠告だ」

「なるほど罰だけは与えると。まことに天らしいお考えです」

「不満か。どの国にも同じだ」

かつんと靴音が一つしたのは宰相の苛立ちからか。さすがに思思に乱暴するようなことはないだろうが。

「そもそも同じではございませぬ。越には恵みをもたらす四季と自然があります。燕には広い平野と比較的安定した気候、徐には豊かな大河と南国ならではの恩恵が。駕国に何がありますか。暖房がなければ室内で容易く凍死してしまう。極寒期は息すら凍りつく。作物がとれる期間は短く、土も貧しい。この国だけが最初から重荷を背負わされているのです」

この恨み言を思思なら鼻で笑っただろう。

「呆れるな、そなたには。建国して三百年以上もたつというのに、他国と比べてどうこうなどと泣き言をほざくのか。人は皆、与えられた地で工夫を重ねて生き、根を張るのだ」

「天令殿もご存じの筈。この国では根が張れるのは南の半分だけ。北は凍土で草木もほとんど生えませぬ」

その点は事実だ。もっとも自然の厳しい国であることは否定しない。だが、それを思思に言ってもどうにもなるものではない筈だ。

「それがそなたの恨みの源か」

この男は天を恨んでいる。天下四国そのものも恨んでいる。それが那兪にも伝わってきた。

「いいえ、私は忠実な天の僕。恨むなどとんでもないことでございます」

思思の声がわずかに荒立った。天令を苛々させるとはたいしたものだ。

「黙れ、痴れ者が」

「私はこの手で駕国の問題を解決するつもりです」

思わずぞっとする。この男の狙いがなんなのか、那兪も察してしまった。

「……失せろ。今ここに誰もいないことは見ればわかるであろう」

「さようですな。この部屋の中にはいらっしゃらないようだ。どうせまた来られるのでしょうから、お目にかかることもできる。お仲間が増えるのは天令殿にとって慰めになる筈ですから、私も尽力いたします」

宰相はその天令も捕まえてやると宣言したのだ。

「天を舐めるでない」

「ほう。やはり天の方がいらしてましたか。今宵は忙しい。私の方にもなにやら客人が現れましたゆえ。これ以上は詮索しないでおきましょう」

「客人だと？」

「厄介な翼を背負う者です。私のお気に入りですよ。素直に正門から入ってくれればいいものを」

柳簡は部屋を出て行ったようだ。廊下でまた鍵を回す音がした。

思思も頭を抱えていることだろう。一度立ち去ろうとも思ったが、今夜はこのまま少し王宮の様子を見た方がよさそうだ。

（厄介な翼……？）

翼仙のことだろうか。知っている白翼仙なら何人かいるが、駕国の独裁者などと知り合いの者はいない。翼仙とは生きる聖人だ。

壁と壁の間を飛び、那兪は別の場所へと移動することにした。おそらくこの国の内情を調べることが思思の奪還にもつながる。どこまでも続く細長い闇の中で、那兪は物思いに囚われていた。

徐国が再興……寿白の弟が王。

（何か大切なことがあったようだ）

失った十年分の記憶のことが急に気になってきた。

蝶の姿のまま頭を振る。いや、今は現れた翼の客人とやらを探してみよう。宰相のお気に入りというからには只者（ただもの）ではない筈だ。

三

今頃、宰相は動いていることだろう。光の者が侵入したのだ。

とりあえず敵の警戒が分散されたことを喜ぶことにして、裏雲は王后を探すことにした。蒼波王はあの通り満足に会話ができない。現状を知るには麗君王后から話を聞いた方がよさそうだ。

今宵天令が現れたということだが、何の用があったものやら。駕国を担当する天令なのか。王族が三人しかいない状況なのだから、天としても思うところはあるらしい。

天を支える四つの王国。どの柱もがたがただが、ここは跡継ぎすらいないという大問題を抱えている。そして宰相が王を本物の傀儡にしてしまった。無責任な天としても気になるところだろう。

夜の廊下には等間隔で灯りが入れられているが、それでも心許ない。あたかも暗い迷宮のようだ。

王の間から王后の部屋。王があの状態なので離されているのだろうが、さてどこか。立ち止まったとき、かすかに足音が聞こえてきた。

(忍んでいる足音か)

衛兵や宿直の官吏ではなさそうだ。女かもしれない。それも二人分。こちらに向かってくる。ここは隠れずにむしろ挨拶をかわした方がいい。

「あっ」

角を曲がった女たちが裏雲に気付き思わず声を上げた。

「これは失礼しました」

裏雲はさっと道を空けた。

(これは王后だ。一緒にいる小娘は侍女か何かか)

すぐに気付く。肖像画をしっかりと見ておいた甲斐があったというもの。絵の中の少女は憂いの深い大人の女になっていた。

「いえ……見慣れませんが、夜勤の官吏ですか」

「はい。新参者です。まさかこのような夜に陛下にお目にかかれるとは思ってもおりませんでした」

「え……」

「肖像画を拝見したことがございます」

　麗君は少しだけ微笑んだ。

「そういえば昔そんなものを描かせました。でもよくわかりましたね」

「それはもう。素晴らしい肖像画でしたから。ますますお美しく感激しごくでございます」

「がっかりしたんじゃありませんか。すっかりくたびれていると」

「ご謙遜を」

　そつなく答える。王后は化粧も落としている。誰にも会いたくはなかっただろう。

（いや……誰かに会いたくて今ここにいるのか）

　この向こうは王の部屋。

「陛下、廊下で立ち話はなされない方が」

　後ろに控えていた侍女がおずおずと話に割ってはいる。心配するのも無理はない。どこに耳がないとも限らないのだから。

「そうね――でもあの、外はどうですか。この冬、食料は大丈夫なのでしょうか」

　侍女に促され一旦は立ち去ろうとした王后だが、思い切ったように裏雲に訊ねてきた。王后陛下はこの国の現状を何もご存じないらしい。

「そうですね。今年はまだ持つでしょう。ただ来年は大変なことになると思います。越からの輸入を増やすべきかと」

王后は目を見開いた。

「何故ですか」

「穀倉地帯である蕨と珊。この二つの郡で大洪水が起こったことをご存じありませんか。幸いほとんど収穫の後でしたが、田畑の復旧にどれほどかかることか。来年の収穫は望めないでしょう」

王后は肩を落とした。こんなことも知らされていなかったのだろう。侍女がその様子を心配そうに見つめている。

「……そんなことが」

「宰相閣下が陛下を案じて、お耳に入れないようになさったのではありませんか」

「いいえ、話す必要がない存在なのです」

初めて見る〈官吏〉にここまで語ってしまうのだから、王后の方も相当追い詰められているのだろう。これは話を聞き出すにはまたとない機会だった。

「皆、閣下を恐れています。私は新参者ゆえよくわかっておりません」

「訊いてはなりません。知らない方がいいのです」

「閣下は光を盗んだとおっしゃる方がいました。それはどういう意味なのか、お教え願えませんか」

自らの両手で肩を抱き、王后は振り払うように首を振った。

「そのことは決して口にしてはいけません」

「これは失礼いたしました、つい」

裏雲はすぐに引いた。王后の怯(おび)え方は尋常ではない。

「陛下のお部屋に向かわれるところだったのではありませんか。お引き留めして申し訳ありません」

「一目だけでもと思ったのですが、夜分ご迷惑ですね。戻ります」

こうして夜、人目を忍んでときどき会いに行っていたのだろう。夫婦だというのに憐(あわ)れなことだ。

「そのようなお考えは無用です。妻が夫を案じるのに迷惑などということがあるでしょうか。国王陛下のお手を握って差し上げてください。どうか、勇気を」

新参の官吏としてはかなり出過ぎたことを言ってしまったが、王后は目を潤ませた。

「そうですとも。陛下はきっと待っていらっしゃいます。決してすべてを忘れてはいらっしゃいません。参りましょう」

若い侍女が健気(けなげ)な目をして王后を励ました。

「わかりました……ありがとう。行きましょう、翠琳（すいりん）」

翠琳と呼ばれた侍女とともに王后は王の下へと向かった。

裏雲は顎の下の冷や汗を拭った。

まさか、王后と鉢合わせするとは思わなかった。話したいと思っていたのでちょうどよかったが、廊下ではあれ以上の会話は無理というもの。宰相が盗んだ光の話はできればもう少し訊きたかった。

駕の王后麗君は今頃夫と会えていることだろう。王があの状態では会えば会ったで悲しみが募るだけなのかもしれない。か弱く震える麗しい后（きさき）であった。

越の女傑、瑞英（ずいえい）正王后も夫が眠り続けていたが、存分に采配を振っていた。同じような状況でもずいぶんと違う。無論これは麗君の力不足というより、この国の実権が長く宰相にあったためだろう。

燕は摂政家の一族が長く実権を握っていたが、駕はそういうわけではない。今の宰相は四十年近くその地位についている。その前は前王の従兄弟（いとこ）にあたる王族が宰相を務めていた。この国は王族の誰かが宰相につくことが多いようだ。

かつては王が強い権力を持ち、見事な指導力を見せたこともある。その点からいっても駕国の王政は絶対のものである筈だった。

にもかかわらず、現王は完全な傀儡。王后までも怯えながら日々をすごしている。

この国の四割にあたる北側はほとんど人が住めない厳寒の地だ。そのため北部一帯も特別開発区の名目で王都直轄領となっていて、開発のための役人と出稼ぎの人々、送り込まれた罪人などがいるだけだという。過酷な環境で資源などを採掘しているのだが、人が死ぬのは当たり前の現場になっているようだ。

地獄というものがあるなら、それは駕国北部のことだろう。

王都直轄領の他に四つの郡があるが、太府は世襲制ではなく、毎回王が任命した上級官吏が務める。王国の中の小王国を許さない、これも王政の力の表れだ。

徐国は駕と国境を接していないこともあって、情報があまり入ってこなかった。正式に鎖国する前から未知の国であったのだ。

鎖国する以前も出入国が厳しく、商売もすべて国が管理していた。特別開発区に送られる罪人の七割はこの禁を破った者らしい。

越国から歩いていて多くのことを知った。

（さて、どこがいいか）

宰相のことは気になるが、無理をすれば捕まる。

相手は他国におのれの幻影を送り込み、会話ができるほどの術師だ。術だけで考えれば、黒翼仙（こくよくせん）の裏雲でも勝てそうにない。

捕まってもいい。それはそれで活路が開けるだろう。懐に飛び込み、画策するのはもっとも得意とするやり方だった。

あの老人と話さないことには、黒い翼の宿命から逃れる手立てがあるのかどうかも聞き出せない。最悪殺されたところで何も困ることはない。どうせあと一年ほどで焼かれて死ぬ身だ。

先に汀柳簡と決着をつければ、殿下に毒牙が及ぶこともない。春になれば殿下は必ずここに来る。その前に奇跡でもおきて黒い翼が消えているか、この命が尽きているか。いずれにしろ、殿下の重荷は消える。

(それこそが我が願い)

宇春は殿下を頼れと言ったが、そういうわけにはいかない。すでに汀柳簡は天令以外の侵入者があったことに気付いている。

「そうだろう、月帰」

裏雲は立ち止まった。

ここは厨房付近。深夜、追っ手を人気(ひとけ)のないところまで誘い込み、ようやく呼びかけることにした。

壁を這(は)っていた蛇が動きを止め、人の姿に変わる。妖艶な女が現れた。

「やっぱりわかっちゃうのね」

「長い付き合いだ。私も君の匂いは覚えている」

そう言うと、月帰はほうと吐息を漏らした。

「もう、そういうこと言うんだから」

握られた月帰の手は冷たい。これも蛇の性だ。

「汀柳簡は君を大事にしてくれているかい」

「……ええ」

どこか寂しそうに答える。すぐに目を吊り上げて顔を上げた。

「どうしてあんな間男なんかに振り回されているのよ。放っておけばいいでしょ。変わったのはあなただわ」

赤い唇から抗議が出た。確かにその通りだ。月帰からすれば失望したことだろう。

「仇を討って、焼かれて死ぬ。それしか予定がなかった。だが、殿下は生きていた」

「ねえ。もう一度そばにいさせて」

「月帰の主人は汀柳簡だ。あの男は裏切らない方がいい」

嫌よ、と月帰は首をふる。

「お願い、戻って来いって言ってよ」

宇春にも感じたことだが、人と付き合いが長くなると、暗魅を超えた感情が生まれるらしい。

「私を尾けてきたのは汀柳簡の指示だろう。彼はどこにいる」

「駄目、連れてすぐに逃げて。あの男は――」

そこまで言って月帰は口をつぐんだ。裏雲の背後に現れた影に気づき、その目が恐怖に染まる。

「月帰よ。お客様を紹介してくれるかな」

振り返ると薄闇の中に老人がいた。以前のような幻影ではなく、本体だというのに足音一つたてず近づいてきたらしい。

「紹介が必要ありますか」

裏雲は月帰を背中に隠した。

「そうだな。〈庚国の宦官〉だった裏雲殿、または〈徐国趙将軍の嫡男〉悧諒殿。どちらでお呼びすればよいかな」

そんなことまで知っているのかと、裏雲は吐息を漏らした。

「悧諒という者はすでにおりません。しかし、よくご存じですね」

痩せた老人だが、立っているだけで息苦しいような威圧感がある。歳のせいで白濁した目はすべてを見通しているかのようだった。

「他国のことは調べ上げておる。たとえばその方の大切な殿下が燕国の姫君と夫婦になったことなどもな」

駕国は自らのことを隠し通していたが、他国の情報集めには熱心だったらしい。

「私もその方と同じ暗魅遣いだ。彼らは人よりよほど役にたつ」

その点には同意する。

「それでうちの月帰を勧誘したわけですか」

「裏雲殿では物足りなくなったのだろうな。彼の殿下がご存命と知り、かつての切れ味がなくなったと嘆いていたようだ」

口調といい表情といい、人を怒らせるのがうまい老人だ。

「だが、私はその方を大いに買っている。庚王を殺した手口、飢骨を都まで呼び寄せる容赦のなさ。なにもかも素晴らしい。あと一年もすれば、まるで初めから存在していなかったかのごとく天の火が黒い翼ごと徹底的にその体を焼きつくす。惜しい、あまりにも惜しい」

その言い様は少しばかり芝居がかっていた。

「惜しいから助けてくれると？」

「そうとも。我が右腕となれ」

老人は片手を差し出した。

「見目の良い切れ者は民を喜ばせる」

正直な物言いに裏雲は苦笑した。

「殿下にも誘いをかけていましたね」

「民は英雄が好きだ。取り込んで損はなかろう。それに彼には彼の役割がある。だが、怪我をしてとうぶん動けないようだな」

裏雲は顔をしかめた。

「できれば殿下からは手を引いていただきたいのですが」

「ここではゆっくりと話もできぬ。まずはついて参れ」

どうしたものか、裏雲は考え込む。

「……駄目」

後ろから月帰が袖を引いた。震える声で止める。

「おおそうだった。その暗魅はもういらなかったな」

老人が左手を肩の高さまで上げたかと思うと、高速で何かが飛んで来た。裏雲の首元をかすめて、後ろにいた月帰の眉間を打ち砕く。

「月帰っ」

細く糸を引くような悲鳴を放ち、月帰は額から血を流したまま薄くなっていく。すがるように月帰の手が伸びてくるが、その手を摑んでやるより早く指先から消えていく。潤んだ瞳の余韻を残し、やがて妖艶な暗魅は完全に見えなくなった。

床に流れた血だけが月帰の生きた証だった。その血を指でなぞる。

「どうなされた。情が移っておいでだったかな」

長年ともに過ごし、裏雲の復讐に付き合ってくれた女だ。情が移らぬわけがない。

(……月帰)

利用するだけ利用して守れなかった男を恨んで死んだだろうか。

(許せ……いや許すな)

裏雲は動揺を見せまいと一呼吸置いた。

「いえ、そちらの暗魅ですから。行きましょう、温かいお茶などいただけますか」

せいぜい酷薄に笑ってみせる。奴(やつ)は腕に見たこともない武器を仕込んでいるようだ。ここで抗(あらが)うのは得策ではない。残してきた宇春は気になるが、危ないことをしないでくれることを祈りつつ、今は敵の懐に飛び込むしかなかった。

「すっかり体が冷えてしまいまして」

月帰の血がついた指をぎゅっと握りしめた。

「西異境の良い茶がある」

「それはいい」

裏雲と老人は長い廊下の闇へと消えていった。

闇の中、天井からその光景をずっと見ていた蝶がいたことには気付かなかった。

第二章　再びの那兪

一

　誰が春まで待つものか。その一念で飛牙は越を飛び出していた。裏雲が越王宮を去って三日後のことだった。

　空を飛べる裏雲に追いつくことはできなかったが、それほど遅れてはいない筈だ。生き物を操る術を駆使して、ここまでやって来た。雪山を越え、凍結した道を歩き、背中の傷が化膿して熱が出たこともあった。何度か死ぬかと思ったが、もうそういうことにも慣れっこだった。

　飛牙はなんとか駕国の王都相儀にたどり着いた。

「着いたか」

　裏雲と那兪を取り戻すための答えがここにあると思いたい。

王様を弟に押しつけて、あとは裏雲を救う手立てを探しつつ、呑気に旅して回るはずだったのになかなか予定どおりにはいかないものだ。

結局、どうにも切羽詰まったことになる。

「しかしまあ、天下四国とは思えないな」

王都の街並みを眺めながら呟く。

目立つ建築物はほとんどが西異境北部の様式だろう。白壁と丸みを帯びた屋根が美しい。灰色の空にそびえる王宮はなかなか荘厳だ。

あの術師の老人はあそこにいるのだろうか。

（間違いなく宰相汀柳簡だ）

ここに来るまでにその結論は出ていた。裏雲も当然気付いた筈。無茶をしていなければいいのだが、そこに期待するのは難しいのかもしれない。無茶をし続けたからこそ、黒い翼を背負っているのだから。

まずは宿で休むか。背中の傷は熱を持って疼いている。

怪我なんてものは歩いているうちに治る。治すしかない。そう決めて強行したが、残念ながらあまり調子はよくない。寒さとは随分と体力を消耗するものらしい。

手近な宿に入ると、部屋を取った。

すぐさま寝具に潜り込む。冬の駕国に入り込むなど狂気の沙汰かもしれない。背中だけはひりひりと熱を帯びている。翼を背負った裏雲もこんなふうに痛むのだろうかと思うと、苦痛を共有しているような気がしてくる。無論、そんなものは自己満足だが、いつか本当に裏雲から黒い翼を引っぺがしてみせる。

（あいつが背負った罪に押し潰される前に）

そんなことを考えながら眠りにつこうとしていたとき、寝具の中でなにやらもぞもぞと動くものに気付いた。

「猫……？」

中に子猫がうずくまっていた。青みがかった灰色の毛並みには見覚えがある。

「……おまえ、みゃんか」

猫は肯定するように小さく鳴いた。裏雲と一緒に旅立ったのだから駕国にいるのはわかるが、何故(なぜ)この部屋にいるのか。

「どうした、元気ないな。裏雲はどこだ」

明らかに具合の悪そうな猫に触れてみる。

「背中に傷があるな」

どうやら怪我のせいで人の姿になることが難しくなっているらしい。まずは治療してやらなければならない。こうなると裏雲の安否が気になる。

「暗魅(あんみ)にもこの薬効くのかな」

背負ってきた袋から自分の薬を取り出して、猫の傷口に塗ってやる。しっかりしろよ、と猫の頭を撫でた。

「じゃ怪我人同士一緒に寝るか。あとで裏雲のこと教えてくれ」

猫もそこまで切羽詰まっている様子もない。まずは休むことにした。実体は暗魅でも姿は猫だ。こんな温かいものを抱かない手はない。

「裏雲は翼でひとっ飛びしてきたか」

うにゃっと返事をした。たぶん違うという意味だろう。

「だいたいは歩いたのか。そっか、だったらわりと最近着いたんだろ。俺もすぐ追いかけたからな。裏雲は俺が春まで待つと思っていたんだろ。その間にカタをつけようと考えたんだろうな」

にゃっと答えた。

「昔から俺にだけは甘い」

大人げなく、ちょっと猫に自慢してしまった。

「生憎俺は裏雲が目を離した隙に、信用するに値しない下衆に変わった。気をつけろって言っておけ」

うにゃうにゃ、となにやら言い返してくる。

「反論あるのか。それはあとで聞くから眠ろうや」

目つきの悪い子猫の頭にぽんと手を置いた。

（一年の半分が冬の国か）

駕はおかしな国だが、その昔は徐とも国交があったらしい。第三代の徐王に駕国の王女が輿入れしている。その子が四代となって続いてきたので、飛牙も駕王の血を引いていることになる。

その後徐々に関わりがなくなり、三十年ほど前に駕は国を閉ざした。隣国である越と燕とは商用の取引は続いていたようだが、駕の情報はほとんど入ってこなかったようだ。

やって来てみれば、想像以上に陰鬱な国だった。冬ということもあるが、常に分厚い雲が垂れ込め、国全体を抑圧しているかのようだ。民は随分と不満を抱えていたようだが、こうも寒いと反乱も起きないのかもしれない。

軍はごく小規模で、術師と技術が国を護るという認識らしい。故に術師の地位は高い。地仙くずれと言われ、怪しげな者扱いされている他の三国とは違う。さらには兵器の開発にも力を注いでいるようだった。この三百年、越燕徐の武力は未だ白兵戦に主力をおいたままで止まっているが、ここは違う。効率よく大量殺戮できる形を目指している。

（ここの王や宰相は何を考えているんだろうな）

天下四国となってから国同士が覇権を争うことはなくなっている。軍は主に内乱鎮圧と防衛を目的としているのが現実。

暗魅は傷の治りが早い。明日にはみゃんも人の姿になって話してくれるだろう。

食えるときに食う。眠れるときに眠る。これは長い放浪生活で得た基本の知恵だった。猫と寄り添い、飛牙は眠りに落ちていった。

夕方から眠り、目覚めたときには朝になっていた。

狭いと思ったら、隣で寝ていた猫が小娘になっている。何をしたわけでもないが、さすがにこれには飛牙も焦った。

「寝ているときは猫でいいだろ」

「人になれるかどうか試したかった」

窓から漏れる光はわずかだが、すぐ目の前にある可愛らしい娘がごく無表情に答えたのはわかった。

「そうか……なれてよかったな」

「間男が起きるのを待ってやった」

「間男って言うな」

「なら種馬と呼ぶ」

裏雲はいったい人のことをなんと言っていたものやら。腹立たしいが、この猫娘に悪意はない。

「それも違う」

「デンカがいいのか」

「俺は飛牙だ。おまえは宇春と呼べばいいのか」

「なんでもいい。どれもわたしなのだろう」

「おまえにそんな達観したことを言われると、こっちの心が狭いみたいじゃねえか。軽く落ち込んだぞ」

ぼやきながら飛牙は寝台から下りて、毛皮を着込んだ。

「怪我は大丈夫か」

「じっとしてればすぐ治る」

まだ動けないということらしい。

「で、何があったか話せるか」

寝台に腰をおろし小娘に訊く。

「裏雲が何日たっても帰って来なかった。だから探しに行こうと思って城の壁を跳び越えようとしたけれど、猿みたいな暗魅にやられた。仕方なく戻ってきたらおまえを見かけたから、部屋に入った」

猿に似た暗魅とは紫猿か猿鬼か。いずれも普通使役できる暗魅ではない。

「その暗魅は城を警護していたのか」

「たぶん」

とすれば相当な力を持った暗魅遣いがいるということだ。おそらく宰相だろう。

「裏雲は宰相に捕まったのか」

おそらくみゃんを置いていったのはその覚悟があったからだろう。

「助けに行きたい」

もちろんだが、闇雲に突入すれば捕まるか殺される。

「奴は裏雲と俺のことは簡単に殺さないだろう。だけど、みゃんには容赦しないと思う。おまえはここで待機だ」

「助けてくれるのか」

「当然だろ。でも、俺は飛べないからもうちょっと策を練らないとな。こう寒いと頼み事を聞いてくれる生き物もなかなか見つからない。情報もほしいところだ」

「おまえには蝶々がいるのではないか」

那兪のことだろう。その名を思い出すと少しばかり胸が痛む。どうしているのか、無事なのか。

「天に連れていかれた。どうなったかわからない」

「……そうか」

那兪はみゃんを天敵のように思っていたが、みゃんは安否を気にかけてくれているようだった。

「裏雲に那兪……今頃どうなっているんだろうな」

あと一年で消えてしまう翼の男と天に縛られた永遠の存在。どちらも諦める気はなかった。

二

(……天か)

目覚めると天があった。雲間から光とともに銀色の髪の天令が降りてくる見事な壁画だった。この部屋の壁は天井までこんな絵ばかりだった。

「こんなに眠ったのは久しぶりだ」

裏雲は寝台に横たわったまま、天井に向かって手を伸ばした。呼べど叫べど届かぬ天。

朝だが、思ったほど冷え込んでいない。人のいる部屋では火を絶やさないからだろう。寒さが生死に関わるとはいえ、これでは薪がいくらあっても足りないのではないか。植樹はしていたようだが、追いついていないのかもしれない。王都まで来る間にそれは感じていた。

軟禁されているような状態ですでに数日たってしまった。宇春はどうしていることやら。探しになど来なければいいのだが。月帰のように死なせたくはない。

逃げようと思えば逃げられるかもしれない。今ここにいるのは裏雲の意思だった。汀柳簡の知識は見事で、惜しみなく注いでくれる。少なくとも術師にとっては悪い国ではないのではないか。

壁の隅に蜥蜴のようなものが張り付いていたが、あれは暗魅だ。この国にも蜥蜴の類いはいるかもしれないが、この寒さでは活動はしていないのではないか。使役され、客人の見張りをしているのだろう。とすれば、暗魅の中でも人花という人の姿になることができる貴重な存在だ。

裏雲は窓を開けた。耳をもぎ取っていくような冷風も嫌いではない。

「裏雲様、お目覚めでしょうか」

扉の向こうから声がした。裏雲の世話をいいつかっている男だ。名を楊近といい、官吏ではなく、柳簡が個人的に雇っている側近らしい。

腕には常に石弓を極限まで小型化した武器をつけている。ある程度片手で操作ができるという優れものだ。同じ物を汀柳篩も身につけていた。至近距離なら充分な殺傷能力があるというのは、目の前でむざむざ月帰を殺された裏雲もわかっている。

「ええ。おはようございます」

裏雲は扉を開け、愛想良く挨拶をした。

「朝食の用意ができております。今朝は閣下のところへどうぞ」

愛想に愛想は返してくれない。感情をどこかに置き忘れたかのような暗い目をした男だ。目を合わせようともしない。

『世話役にと下手におなごをあてがえば、その方に骨抜きにされかねないからの』

楊近を紹介したとき、柳篩は笑ってそう言ったものだ。確かにこの男を落とす自信は裏雲にもなかった。

「ありがとうございます。今日は宰相閣下とご一緒させていただけるわけですね」

たいていは部屋に食事が運ばれるが、ときどきこうやって誘いを受ける。

「お待ちかねです」

「すぐに着替えてきます。少々お待ちを」

一度扉を閉め、裏雲は着替え始めた。半裸のまま見張りの蜥蜴にちらりと目をやり、微笑（ほほえ）んでみせる。

（落とす相手は人間とは限らない）

この蜥蜴が人花なら腕が鳴るというもの。

王宮の一角にある宰相の食堂に招かれ、裏雲は席についた。向かい側には老人がすでに座っている。用意された朝食はパンにスープなど軽いものだ。

「朝食に招くのは初めてだったな。駕国の料理がお口にあえばいいが」

「駕国風というより、異境風ですね」

湯気のたつスープはほのかに酸味があった。

「西異境北部から料理人を招いている」

「異境のお味がお好きですか」

「好きというのかわからん。天下四国の食事に飽きたという方が正しかろう」

歳のせいなのか、二口ほども食べるともう満足してしまったようだ。匙を置く。

「建築物や文化にも飽きてしまわれたようですね」

「おかしなことを。王宮など建て替えたのは百年以上も前のことだ」

私の嗜好ではない、ということらしい。この老人は簡単には引っかからない。

「ところで術師の学舎は黒翼院と名付けられているようですね」

「気になるか。あれは初代の学長に黒翼仙を迎えたからだという。我が国にいかに悪しき偏見がないかわかろうというものだ」

「偏見ではありますまい。黒翼仙とは白翼仙を殺した者ですよ。私もそうです。もちろんよくご存じかと思いますが」

黒翼仙は天からの慈悲と関心を失った罪人だ。

「武人も英雄も人を殺す」

「だから私も配下に加えたいと？」

「右腕として迎えたいと言った筈だが」

「酔狂ですね。私は庚の王を時間をかけて残酷に殺し、都に飢骨を呼び寄せた。特に性の悪い黒翼仙だとすべてわかっていてお誘いになる」

なかなか本当の目的を話してはくれない。

「殺し殺されるのが王だ。庚王は下品な屑だったのだろう。飢骨のことなど何の問題があろうか。都に来なければ地方の村を襲っていたところだ。君の殿下が颯爽と駆けつけることができて、逆に犠牲者は少なくて済んだくらいだった」

飢骨に関しては結果論になる。罪は罪だ。だが、ここで口にはしない。

「お詳しい」

「だから君が気に病むことは何もない。美しく、知の宝庫で奇跡だ。欲しがるのが当然というもの」

そろそろ本題に切り込んでいくことにする。

「報酬は黒い翼がもたらす死から私を救うことですか」

「いいや、永遠の命だ」

これは予想外のことを言われた。相手は夢物語を語る男ではない。

「永遠はさておき、つまり黒翼仙すら長らく生かす術があるということでしょうか」

「簡単に言えばそういうことだ。私ならできる」

「白翼仙の知識を受け継いだ私ですが、そんな術は聞いたこともない」

「私は天すら凌駕する。任せなさい」

また凄いことを言うものだ。不敵に笑うでもなく、淡々と言い放ち宰相はお茶を口にした。

「大変興味深い。夢のようなお話ですが、不利益になる点も聞かなければなりません」

「君の損になることはない。私から見ればそう思える。今更、天に対する信仰などあるまいて」

賭ける価値はあるのかもしれない。なにしろどうせ死ぬのだから。とはいえ、汀柳簡は殿下にも誘いをかけている。

「殿下も配下に加えたいのですか。彼は政治的に面倒な立場にいますが」

「案ずるな。君にとってはこの上ない形になる」

白濁した瞳の下から別の何かが覗いているようだった。この老人の底知れぬ闇は黒い翼を持つ者すら魅了するのだろう。裏雲は確かに目の前の男に惹かれていた。

(だが、私にとってこの上ない形とは)

それは殿下にとってもこの上ない形なのか。

「どういう……」

意味か訊こうとしたとき、部屋に官吏が入って来た。

「閣下、急ぎお耳に入れたきことが」

そう言ってちらりと裏雲を見た。

「かまわぬ、申せ」

「はっ、はい。北部鉱山にて大規模な……例の襲来が発生したとのことでございます。すでに多数の死者が出た模様で」

柳簡はやれやれと立ち上がった。

「すまぬな、行かねばならぬ。ゆっくりしてくれ。何かあれば楊近に言うといい」

「おかまいなく」

去って行く柳簡を見送り、裏雲は食事の続きに戻る。異国の料理にしなければならないほど天下四国に飽きてはいなかった。

「お部屋にお戻りになりますか」

腹ごしらえを終えると楊近がやってきた。

「庭を散策してもよろしいですか」

「雪に覆われていて、面白いものでもありませんが」

「外の空気を吸いたいと思いまして」

「それではお伴いたします」

勝手に歩き回られては困るということだ。この男がついてこなければ蜥蜴が代わりになるだけ。

「では、案内していただけますか」

蜥蜴と違い、訊けば解説くらいはしてくれるだろう。

楊近と一緒に外に出た。

ヒリつく寒さに、裏雲は空を見上げた。灰色の空から雪が降っている。固めることもできないほどの粉雪だ。

「多くの方が亡くなったそうですね。痛ましいことです」

「どうせ罪人です」

あっさりと言ってのける。北部鉱山送りになった者は虫けら同然の扱いらしい。

「例の襲来とはなんでしょうか。落盤による事故などならわかるのですが」

「あなたはまだ客人。話すことではありません」

「もしや駕国にだけ現れるという魄奇(はくき)ではありませんか。寒さで死んでいった者たちが氷雪をまとって大群で歩き出すという。彼らはどういうわけか王都を目指す。だが、到着前に春が訪れ消えていく」

憐(あわ)れな死者たちは少しでも暖かいところへ行きたくて南下するのだろう。それが罪人だったとしても凍り付いた怨嗟(えんさ)と想(おも)いは消えない。

「確か氷骨(ひょうこつ)でしたか。集まって巨大化する飢骨と違って、一体一体が軍勢のように向かってくる。その姿は――」

「おやめなさい。詮索はなさらぬことです」

楊近はぴしゃりと止めた。

「これは失礼しました。知的好奇心は翼の性(さが)。お許しください」

素直に詫(わ)びた。推測が間違っていないと確信できればそれでよい。

「おや、驚いた。花が咲いている」

一面真っ白になっている庭で、雪をかぶりながら真紅の花が咲いていた。見れば向こうにもある。一輪ずつぽつりと咲く花らしい。

「雪紅草(ゆきくれないそう)です。冬季にだけ咲きます」

「これは珍しい。雪の白さとの対照が見事です」

「この国ではありふれた花です」

楊近にとっては慰めにもならないようだ。元々花になど興味がないのだろう。

「あちらの棟は？」

少し離れたところにある三階建ての棟が気になった。

「……使われていません」

裏雲が気にしたのは三階の窓に鉄格子がはまっていたからだ。獄なのではあるまいか。だが、それ以上は質問を重ねなかった。当然この男は裏雲のことを逐一主人に報告している筈。だいたいの見当はついた。

「ここには後宮がないようですね」

「あるときもあります。それは陛下次第ということです」

確かに現国王には必要なさそうだ。生ける屍（しかばね）のような王を思い出し、心から納得する。

「お世継ぎはまだと聞きましたが」

「すべては閣下にお任せすればよろしいのです。我々が気にすることではありません」

絶大な信頼というよりは、考えることを放棄しているようにすら見えた。ここの官吏や侍女たちもその傾向にある。

宰相閣下はあの雲のようなもの。光を塞ぎ、重く地上を覆い、民を縛り抑圧する。

だが、彼がいるから国として機能しているのもまた事実。

いつでも逃げられるようにはしておかなければならないが、果たしてここから翼を広げて飛び立てるかどうか。楊近は腰に太刀を下げている。この男は相当な手練れだ。

「冷えますね。部屋に戻ります」

「はい、そのほうがよろしいかと」

羽付きを外に出すのは、楊近でも最大限の警戒が必要だっただろう。少し安堵したようにも見えた。

上空から見たのと合わせて、これで城内の地図は頭に入った。

（あとは柳簡が盗んだという〈光〉に会いたいものだ）

別の〈光〉も調査に来ていたようだし、必ず動きがあるだろう。

おそらくあそこにいる——裏雲は一度振り返り、鉄格子の窓を改めて確認した。

三

王都郊外にやって来ると、飛牙は一番高い木によじ登り始めた。

目的は鳥だ。みゃんのような暗魅が城に侵入できなかったとなれば、自然にいる生き物の方がいいだろう。獣心掌握術の使いどころだった。

徐の王族に伝わるこの術は始祖王蔡仲均が使い手だったというが、実際子孫でも出来る者はほとんどいなかった。要するに暗魅遣いならぬ生き物遣いだ。獣から鳥や虫でもいける。ただそう長く操れるわけではない。どちらかといえば、お願いして協力してもらうと言った方が正しいだろう。非協力的な個体もいるということ。裏雲も使役するためには人花に気に入ってもらわなければならないというから、その辺は同じだ。

鳥は基本的に冬眠しない。渡り鳥になって南下するものも多いだろうが、飛んでいる鳥がいないわけではない。おそらく暗魅には警戒しても、普通の生き物までは警戒していない。

飛牙は限界まで上に登り、空に片手を差し出した。

(頼む、来てくれ)

寒さに震えながら、鳥が手に乗ってくれるのを待つ。

術をかけ続ければ通年にわたり使役するのも可能かもしれないが、それは生き物の意思ではない。どんな術も調子にのれば足を掬われる。

裏雲のことだからうまく立ち回っていると思うが、それでも早く会いたかった。もっとも侵入したところで翼もない身では足手まといになるかもしれない。

（来た！）

見たこともない鳥だったが、寒さに備え丸々と太っている。上手い具合に手の甲に留まってくれた。

「ありがとうな。ちょっと頼みがあるんだよ」

手に乗せたまま鳥を顔の前まで近づけた。

「いいか、あとで呼ぶ。口笛吹いたらすぐに来てくれ」

鳥の額を人差し指で撫で、空に放してやった。

下準備が出来たところで木から下り、宿へ戻る。

帰路、大きな学舎の前を通った。ここから多くの術師を輩出しているらしい。たいていは術官吏となり、国防を担うのだという。その連中が見えない障壁を作り国境を守っているのだろう。ちなみに術を私的に使うのは禁じられているらしい。

「知っているか、北部鉱山で多数の死者が出たらしい」

「ああ、あそこにだけは配属されたくないよ」

そんな会話をする生徒たちとすれ違った。

肉体労働するのは罪人や出稼ぎ労働者だとしても、当然役人が監督する。そこに赴任させられたくないということだ。

気象条件の過酷さでは駕国は文句なく筆頭だろう。徐国も川の氾濫などは多いが、高い山でもなければ外で寝ても死にはしない。

(だからこそ、反乱軍の遠征も簡単に野宿で乗り切れたわけだ)

そうして徐国は滅んだ……何がいいのか世の中はわからない。

術師の学舎の隣には技術者を育てる学舎もあった。こちらは掘削機器や農機具、そして兵器武器の開発が目的だという。他国の徒弟制度とは一線を画す。

(国境地帯に置かれていた投石機は見事なものだった)

術だけではないのだ、この国は。

飛牙は空腹を覚え、宿の近くの店に入った。昼間から飲んだくれている親爺(おやじ)たちが何人もいた。寒いと酒に依存することが多くなるようだ。また、あまり日が照らないこの国はかっけなどの病気も多い。もっとも寒い分食中毒などは少ないという。

「いらっしゃい、何にします?」

女給仕が注文を取りに来た。

「うまくて食いでのあるやつ。任せる。なあ、あれ両陛下だろ」

壁に飾られている絵を指さす。

「十年ちょっと前の絵だから、今はもっと大人でしょうけど。その質問ってば、また田舎から来たお坊ちゃま?」

またという言葉に飛牙はすぐ反応した。

「似たような奴がいた？」

「いたわ、すごい色男。お客さんも負けてないわね。なまりの感じも似ている。同郷なんじゃないの」

「かもな。知り合いだったら会いたいな」

「一度来たきり見てないわね。お礼を言いたかったんだけど。両思いになるおまじないを教えてって言ったら、あなたならそんなものは必要ないって。本当にうまくいったわ」

すました顔で言う裏雲が容易に想像できる。

「じゃ、美味しいもの持ってくるわね」

絵を眺めながら飛牙は料理を待った。
十五、六だろうか。幼い夫婦は愛らしいが、どこかうつろな表情をしていた。王様は病に臥していて宰相がすべてを取り仕切っているというが、果たして何が目的ではぐれ殿下を誘ってきたものやら。
（だが術で障壁を作るというのはたいしたものだ）

これほどの防御はない。駕国がそれをやることを悪いとは思えなかった。徐国もそれができたなら。

「ま……今更だな」

たぶん後悔や未練は一生消えない。飛牙もまた統治する側にいたのだ。飢骨が発生するほどの国難に責められる立場だった。

「お待ちどおさま」

料理が運ばれてきて、飛牙は目を輝かせた。

「おお、うまそ」

「でしょ。で、田舎から何しに来たの？」

「物見遊山かな」

食事を口に運びながら適当に答える。食堂のおねえさんだからといって油断してはいけないことは学習済みだ。

「捕まるわよ、そんなこと言ってたら。北の鉱山に送られちゃうから」

「そりゃ怖いな」

「近頃、城の周りで変なことが多いみたいだから、警戒してるんじゃないかと思うの」

「変なこと？」

女給仕は声を潜めた。

「王宮に空から光が降りてきたって話よ。あと見たこともないような暗魅が塀の上で猫と喧嘩(けんか)してたとか」

猫の方はみゃんだとわかる。光とは天令だろうか。

「光ねえ、そりゃ天の祝福かな」

「こんな国でそんなものあるわけないでしょ。他の国ならあるのかもね」

女は鼻で笑った。どこの国の民も自国に不満たらたらと見える。

（統治する方も大変なんだぞ）

とは胸の内だけで済ませておく。

王政側も人間だ。国を良くしたい気持ちで動いているのは間違いない。やったことが正しいか否かは後の世の者たちに判断してもらうしかないのだ。

食事を終えるとすぐに宿に戻った。

「みゃん、ただいま」

猫は大人しく布団の中で丸くなっていた。まだ傷は癒えていない。

「無理せず動かず、大人しくしてろよ」

おそらく裏雲も殿下にそう願っていただろう。言うことをきかなかった男が言うのもおかしな話だ。そこはみゃんが馬鹿殿下より聞き分けがいいことを祈るしかない。

寝台に腰をかけ猫の頭を撫でてやる。

「俺、今晩城に潜り込んでみるわ」

猫が顔を上げた。たちまち人の姿に変わる。

「わたしも行く」

言うと思った。

「勘弁してくれ。死なせたらあいつに顔向けできない」

「わたしは裏雲の一部だ」

「暗魅ってそんなに忠義を尽くすのか」

いや、自分のことを暗魅だと思ったことはない。わたしは裏雲の猫だ」

「あいつ、猫もそんなに主人に尽くす動物ではないと思うが。

「あいつ、白鴉（しろがらす）の暗魅を死なせたことを気にしていたぞ。大事だったんだよ。おまえにまで逝かれたらまた病んじまう。頼むから大人しくしてな」

猫娘は納得しがたい顔をしていたが、不承不承肯（うなず）く。

「なあに、必ず連れて戻ってくるさ。心配するな」

実際、うまくいくかどうかはわからない。それでもそう言っておいた。

飛牙はそのまま布団に入った。夜まで一眠りするつもりだった。みゃんも人のまま
布団に潜り込んでくる。

「こらこら。猫に戻れ。俺は妻帯者だぞ」

サイタイシャの意味がわからなかったようだが、みゃんは猫に戻った。

（寝台は一つしかないからな。猫も大事な暖房だ）

毛玉のような子猫を抱え込んで、そのまま眠りについた。


その夜。

冷え込みに備え厚着をしたが、それでも凍りつくようだった。

城壁のもっとも警備の薄いところはある程度調べがついていた。捕まっても北部送りや死罪にはなるまい。なにしろ招待したのは向こうだ。

「ここまででいいぞ。もう帰りな。傷に障る」

王城を囲む壁の近くまでついてきてくれたみゃんにそう言った。

「飛牙も怪我をしてるのではないか」

「ああ、かすり傷だよ。治りかけている」

「やはりわたしも」

ついていくと言いたいようだ。

「認められない。俺はあいつから根こそぎ全部奪ってしまった。そのうえ、おまえを奪うわけにはいかねえんだよ」

「……わかった。では頼む」

みゃんは深々と頭を下げた。

猫娘が去って行くのを見送ってから、飛牙は鳥の声に聞こえるよう口笛を吹いた。すぐに昼に術をかけておいた鳥がやってくる。

「こいつをこの上に引っかけてくれるか。見張りがいないのを見てからな」

かぎ爪になった金具を取り付けた縄を渡し、あとは見守る。鳥は高く上がり、指示どおり辺りの様子を見計らってから、金具を壁に引っかけた。

「よさそうだな」

縄を引っ張り、落ちてこないことを確認する。

雲の上にうっすら月の光が見える。完全に隠れるのを待って、飛牙は壁を登り始めた。みゃんを襲った暗魅が来る気配はない。やはり同じ暗魅の臭いを嗅ぎつけてのことだったのだろう。壁の上まで登り、下の様子を窺う。

（いないな……）

庭は一面雪だから、足跡はついてしまうだろう。このあとも雪が降ってくれればいいのだが、そこまでうまくいくかは予見できない。

かじかむ指に息を吹きかけ、城の庭へと下りていく。足跡が見つかりにくいよう木の陰を進み、裏手に回った。すぐに錠前がかかっている扉を見つけた。さっそくこそ泥よろしく鍵を開けにかかる。

（くそ、暗いな）

悪いことは一通りやってきた。たいした鍵ではないが、寒さで指もうまく動かない。カチャカチャとかすかな音が鳴るばかりで、思わぬ苦戦を強いられていた。

いっそ屋上から侵入するかとも考えたが、もう一度あの鳥を呼ぶには口笛を鳴らす必要がある。ここでは響く音はなるべくたてたくない。

南羽山脈を越えたときも寒さには苦労した。いかに南といえど高い山の冷え込みは半端なものではない。だが、さすがに駕国の寒さはひと味違った。

そのとき、上から縄が落ちてきた。はっとして見上げるが鳥も人もいない。脇においてあった筈の縄がなくなっているところをみると、これは飛牙が持ってきたものだ。

「……なんで？」

不思議に思ったが、考えている猶予はない。そのうち見張りがこちら側にも回ってくるだろう。

一か八か、飛牙は縄を手に取り屋上へと上った。

「誰もいないよな……」

となれば術しか考えられない。もう露見していて汀柳簡に招かれているということだろうか。行くしかないと腹をくくる。

屋上から下りていく扉には鍵がかかっていなかった。ここからなら簡単に王宮に入り込むことができる。

（どこかで兵か官吏の着物でも手に入ればいいんだが）

背中が熱を持って痛んだ。痛みをやり過ごすために、飛牙は階下に下りる前に一度階段で腰をおろす。持ってきていた火種を灯した。

――まったく、何を休んでおるのか。

「あ？　うるせえよ。こっちもけっこう無理してんだよ」

そう答えてから、ハタと気付いた。

今のは誰だ？　声じゃなくて頭の中に入ってきた。こんなことができるのは――

「那兪？」

振り返ると肩に蝶らしきものが留まっていた。この極寒の中、飛べる蝶など天令以外にはいない。

――こやつ？

「何がこやつだ。俺がどんだけ心配してたと思うんだ。このチビ天令。とっとと餓鬼の姿になりやがれ」

怒鳴りたいところだが、そこは抑えた。何はともあれ、那兪が帰ってきてくれたのだ。

蝶はすっと飛び上がると、弱く光を放ち人の形に変わった。紛れもなく、あの生意気な銀色の髪の少年の姿がそこにあった。

「なにゆえ、天令とわかり、私の名前を知っているのだ」

「何、寝言言ってるんだよ。無事なら無事って早く知らせてくれてもいいだろ」

少年は眉間に皺を寄せ、首を傾げる。

「私がそなたに何を知らせねばならぬのだ。たわけたことを申すな。だいたい、城に忍び込むなどこそ泥ではないのか」

飛牙はあんぐり口を開けた。話が嚙み合っていないと思ったら、那兪はこちらを覚えていないのだ。

「あ……俺は飛牙って言うんだが」

「知らぬ」

「またの名は徐国の寿白王太子。それも知らないか」

過去に戻して名乗ってみる。今度は那兪が目を丸くした。

「寿白……？　私が玉を授けた、あの寿白王太子だというのか」

信じられぬというように、まじまじと顔を近づけてくる。

「おかしい。もっと品のある少年だった筈だ。しかもそなたには玉がない」

「そりゃ悪かったな。品を維持できる余裕がなかったんだよ。玉はおまえが取った。一緒に庚から国を取り戻したじゃないか」

那俞は激しく首を振った。

「そんな覚えはない。だいたい、天令がそんな大それた干渉をするわけがない。そんなことをする天令がいたとしたら大馬鹿だ。徐は寿白の弟とやらが取り戻したのではないのか」

「おまえ、おれと再会する前の記憶しかないんだな。それ、天にやられたのか」

明らかに困惑を見せる那俞の手を取り、飛牙はじっとその目を見つめた。

「一緒に国を取り戻して、燕に行って、越にも行ったろ。そこでおまえ光に連れていかれてさ。俺たちいい相棒だったじゃねえか」

「知らぬ……そなたの言うとおり天は一部の記憶を消した。だが、それはそなたとの時間は私にとって害があると判断したからだろう。滅んだ国の復興に力を貸したのが本当ならそれも致し方ない」

那俞がなんと思おうと、飛牙にはとうてい納得できなかった。

「天が何様だっ、むかつく」

「何を言うか、無礼者」

「だってよ、(我を目指せ)って言ったのは天だぞ。それなのに人のこと、関わったらいけない悪党みたいに。なんだよ、それ」

これじゃいいように振り回されているようなものだ。

「意味がわからぬ。天がそんなことを言うものか」

「おまえの口を借りて言ったんだよ。こっちが意味わかんねえ」

那命は絶対にありえないと首を振った。

「そんな話は聞いたことがない。そなたがでまかせを言っているとしか思えぬ」

「おまえは頭にこないのか。記憶まで奪われて、好き勝手にされて」

ふんと顔を背けた。いっさい認める気はないらしい。

よほど頭に来たのか、那命は顔を背けたまま沈黙していた。どうしたことか、突然かくんと首が落ちる。

「お、おい？」

「我を目指せ……我に」

いきなりアレがやってきて、飛牙は思わずのけぞった。

「あ、あの……それは天の声かな」

「救ってみよ……大いに干渉せよ……人の子よ、我を……」

那命がふざけるわけないのだから、これは天令の口を借りた天の言葉であるとしか考えられない。

「いや、それってどういう」

訊く前に那命の顔が上がった。ありありと戸惑いの表情を見せる。

「私は……何を言った？」

「覚えてないのか」

「なんとなくはわかるが……ありえない」

　那兪は震えを抑えるように、自分の両手で肩を抱いた。

「そなたの言っていることは本当なのか」

「面倒だから、まずそこは認めろ」

　得体の知れない者を見る目で少年は睨んでくる。

「……何者だ」

「だから、今は飛牙で、元寿白だって言ってんだろ」

「私が見守り、玉を授けた寿白王太子は聡明でひたむきで透き通って輝いていた」

「裏雲も同じこと言ったよ。確かに俺は汚い生き方覚えたよ。ああ、詐欺師で間男で種馬だよ。あと、なんだヒモ亭主か」

　少しヤケクソになっていた。

「そんなにひどいのか」

「うるせえ。でも、全部ひっくるめて今だ。今は頼まれもしないのに、おまえと裏雲を助けられないかってじたばたしてるだけの男だ」

「裏雲？」

「俺の古い友達だ。黒翼仙になった」

那俞は顔をしかめた。

「……そっちもそんなにひどいのか」

「裏雲はひどくねえ」

たとえ天令でも裏雲を悪く言われたくなかった。

「ああ、思い出した。確か城に忍び込んだ男が宰相にそう呼ばれていた」

「やっぱり捕まったのか」

「自分から納得して手中におさまったように見えたが」

それを聞くと飛牙は思考をめぐらす。裏雲がそうしたというなら考えがあるのだろう。助ける必要はないのか。

「汀柳簡に蛇の暗魅を殺されたから他に方法がなかったのかもしれないが」

後宮に潜り込み庚王を殺した暗魅のことか。

「王や王后(おうごう)と次々会っていった手腕はたいしたものだった。厄介な翼を持つ客人と宰相が言っていたが」

いろいろ見ていたらしい那俞はつくづくと言う。

「どこにいるかわかるか」

「さあ。その男が連れていかれてから、私もすぐに城を出たのでわからない」

　二人はそれぞれ同じ夜に侵入したということらしい。

「宰相は趙将軍の嫡男とも言っていたな。幼少期、寿白殿下と一緒にいる姿は見たことがある筈だが、まるで別人に見えた。黒翼仙になったせいか。そなたのほうは面影が少しあるようだが……」

「おまえにも俺が知っている天令の面影が充分あるよ。まずはほぼ初対面ということでもいいさ。お互いここに何しにきたかってことを話そうか」

　那侖はこくりと肯くと飛牙の隣に座った。

「俺を知らないならなんで縄を投げて助けてくれたんだよ」

「こそ泥が見つかると警戒が厳しくなる。干渉したくないがやむを得なかった。まさか寿白殿下とはな」

　今更那侖に殿下と呼ばれるのはこそばゆい。

「とにかく、俺は裏雲を探しに来た。捕まったのか、宰相と遊んでいるのかは知らないが、ここにいる筈だ」

「私も同志を助けるために来た。駕国の天令が捕まっている。そなたに騒ぎを起こされても困ると思ったから一応あの場は助けただけだ。まさか頭の中のぼやきが聞こえてしまうとは思わなかったが」

　近頃見えた光というのは那侖だったのだろう。今回は警戒して蝶の姿で侵入したか。

「駕国が天令を捕らえているってえらいことだな。そりゃ天への宣戦布告じゃないのか」

「ここの宰相は半ばそのつもりなのだろう」

「それをしてこの国になんの得がある。他の三国まで巻き添えになりかねない」

徐国はもちろん、どこの国も建て直しに必死だ。天罰とやらが下った日には天下四国は終わってしまう。

「天下四国などどうでもいいのだ。肥沃で温暖な土地を求めているのではないか」

天令はさらりと言ったが、つまりそれは南に領土を広げたいと考えている、ということだ。

「冗談じゃねえ。ほんとに戦争になっちまうじゃねえか」

「つきつめればそうなるだろう」

「でも、ろくに兵力がないこの国にできるのか」

「そこまで追い詰められているのだ。それに術力は高く、兵器の開発にも熱心。他の三国が寝ている間にそこだけは抜かりなかった」

天下四国となってからは国同士の戦がなかった。そのため軍事力は各国三百年眠っていたとも言える。しかし、この国だけが密かに古い戦法を捨て、独自の進化を遂げていたというなら、少ない兵力で効率良く勝つ術や兵器を持ったというなら……

(天下四国は駕に征服される)

天令まで監禁するということはそれだけの野心があると見たほうがいい。

「天は駕国が支配してもいいと考えているのか」

「そうなるならそれも歴史。人が選ぶ道だ。永遠のものはない」

そうだった。天はそういう考えだ。

「でも、俺には動けという」

「人がやる分にはよいのだろう。天は一つではないから四国を惜しむ想いもどこかにあるのかもしれない。私にもそこはよくわからない。言っておくが戦になろうとも、私は絶対に干渉せぬぞ。今、私が受けた仕事は思思を助けることだ」

思思というのはここの天令のことだろう。記憶のあるなしに拘わらず、不干渉だけは宣言しておかないと天令様は落ち着かないらしい。

「それなら、今現在の俺たちの利害は一致している。裏雲と天令、協力しあって両方助けるってのはどうだ」

提案してみた。

協力しあうことは干渉につながらないか、銀色の頭の中で考え込んでいるようだった。こうして見ると那兪は何も変わらない。忘れられていると思うと悔しいが、何度でも積み重ねていける筈だ。

「よかろう。今回は非常事態だ。それも大局のため」

「じゃ、どちらに先に行くかだが――」

奪還作戦の綿密な打ち合わせに入った。

第三章　奪還

一

夜も更けた頃、裏雲の部屋を訪れたのは汀柳簡だった。

部屋に入れないという選択肢は端から与えられていない。ならば快く招き入れるだけだ。「今夜はなんの講義ですか」

柳簡は知識をもたらしに来る。初めて教え甲斐のある生徒を見つけたのだ。

「歴史はどうだ」

「何者にも肩入れしない俯瞰した歴史なら価値がありますが」

歴史ほど主観の入りやすい学問はない。少しでも主流に異議を唱えれば、異端と責められる。異説を受け入れず、なかば狂った宗教と化す。歴史を記す権利があるのは勝者だけなのだから。

「そのとおりだ。だが君は鵜呑みにするほど愚かでもあるまい」

どうぞ、と老人のために椅子を引いた。

「君は知恵者だ。雑多な情報の中から真実を掬い取ることができる」

「聞きましょう」

向かい合い、裏雲はゆったりと構えた。

「天下四国がいかにして成り立ったかは存じておろう」

「多くの国が乱立し、長い泥沼の戦が続いた。見かねた天が四人の傑物を選び出し、四つの国となった——ですか」

そこまで干渉してしまったため、それ以後は自制しているのだと。

「簡単に言えばそういうことだ。しかし、当然のことながら始祖王の苦労は並大抵のことではなかった」

「そうでしょうね」

天に勝手に決められたところで、始祖王は皆まだ若い。それまで我こそは王と名乗って覇権を争っていた者たちが納得するはずもない。四国建国を宣言したあとも激しい内戦は続く。荒れ果てた大地を田畑にし、街を築き、天下四国がなんとか平定したのは王が二代目になってからだという。

「始祖王は皆、苦難の連続であった。だが、まだ他の三国はいいほうだ。この極寒の駕国を与えられた汀海鳴の艱難辛苦は筆舌に尽くしがたい」

「天は何故こんな地を治めよと命じたのかと恨んだこともあった？」

　だとすれば駕の天への不信は随分と長く根深い。

「そうであろうな。血を吐きながら最後まで国政にあたったが、無念を残し死んだようだ」

　駕国の歴史はほとんど知られていない。裏雲が知っていることも白翼仙から受け継がれた知識だった。

「始祖王は若くして亡くなり、二代目の王は幼かったのでしょう」

「わずか五つであった。ゆえに宰相が実権を握り、政務を行うしかなかった。そこからも難儀は続く。これほど寒い土地では作物も限られる。北部に資源があるのはわかっていたが、採掘するのは命がけだ。民を兵にできる余力はない。おのずとこの国の方向性は決まっていった」

　呪術と技術。本来相容れることがないこの二つが国防の要となっていく。これらを他国に流出させないため、駕国は閉じられていったというわけだ。

「しかし、それもそろそろ限界がきたようだ。君ならどうする」

「他国への侵攻ですか」

「一つの国だったこともある。戻って何が悪い。征服ではなく統一だ」

「天がこの地を四つにしたのは、安定を求めてのこと。大きすぎても細かすぎてもよくないとの判断のうえではありませんか」

天をかばうわけではないが、そのあたりは妥当な判断だと思っている。

「面積にはさほど差はないが、中身はあまりにも違いすぎる。この国はもはや南下しなければ滅ぶ」

「私に他国との戦争を手伝えと？」

「さよう。術師を率いる指揮官が足りぬ。君ほどの者はおらぬだろう」

「しかし、私は余命一年」

「私に任せればよい。悪いようにはしない。そうそう、越国から寿白殿下が消えたらしい。重傷だったようなので春までは動かないと高をくっていたが、じっとしていられなかったとみえる」

裏雲は息を呑んだ。

「……殿下が」

治るまで動くなと言い付けた筈なのに、どうしてこうも言うことを聞かないものやら。

「暗魅を見張りに残しておくべきだったな。こちらに向かっているのか、それともすでに王都に入ったのか。一度、見失うと探し出すのに時間がかかる」

探す必要はない。なぜなら殿下は間違いなく城へ向かうだろう。

(私が城にいると考え、必ずここにやってくる)

殿下は徐国の前王で、天下四国の英雄だ。そんな人物が汀柳簡の手に堕ちれば地上は絶望に溢れる。この男の狙いはそこにあるのか。

「そろそろ色好い返事をくれぬか」

「今は北部鉱山のほうが問題ではありませんか。それにどのみち春までは動けない」

「国境地域の雪解けとともに進軍を始めたい。まずは燕国だ。この体が動くうちになんとかせねばと思っている」

老人は白濁した目を細めた。

「片足が悪いようですね」

「どこもかしこもだ。人とはもろいものだな。では、あと三日で決めてくれ」

汀柳簡は立ち上がった。

「否と申せば、私はどうなりますか」

「どうもならん。我が国から出ていって翼のさだめによって死ねばよい。ただし、寿白にはここにいてもらうがな」

それは殿下が人質になるに等しい。

「だが、どのみち君は私のものになる」

柳簡は自信満々に言い残して去っていった。

別に天下四国が駕国によって統一されたとしても、裏雲にとってはどうでもいいこと。未来に関われるというのは悪くない。しかも生きる術をくれるという。

(面白そうな話だ)

だが、殿下は嫌がる。

せっかく取り戻した徐国が失われるのは耐えがたいだろう。妻の国である燕も、義兄弟と大叔母がいる越も同じことだ。あちらこちらで築き上げた縁を殿下は見捨てない。

「どうしたものかな」

裏雲は寝台の陰に隠れていた蜥蜴に手を差し伸べた。

「おいで。普通の蜥蜴じゃないことはわかっている」

さりげなく、手懐けておいた。

柳簡が使役している人花だが、向こうも月帰を奪い、挙げ句に殺したのだ。奪い取ることに遠慮する必要はない。

「君も退屈だろう。少し話さないか。大丈夫、私は襲ってこない限り暗魅を殺したりはしない。話し相手になってくれ」

女を誘うように優しく話しかける。

蜥蜴は寝台の奥深くへと隠れてしまった。失敗だったかと思ったとき、人の姿が現れる。驚いたことにそれは十七、八の若い男だった。男の人花は珍しい。黒い髪が片方の目を隠しているが、さすがに綺麗（きれい）な顔立ちの若者だった。

「……ばれてしまったら殺される」

「宰相にかい？」

蜥蜴の若者はこくりと肯（うなず）いた。

「月帰を殺した。他にも……」

暗魅はたとえ主人を持っても魂は自由だ。それが恐怖で縛られている。

「彼の配下になるか、ここから逃げるか。いずれにしろ君を守ろう。名前はあるかな」

「……虞淵（ぐえん）」

「では虞淵、聞かせてくれ。わからないことはわからないでいい。答えづらいことは言わなくていい。宰相は天令（てんれい）を捕らえているのか」

虞淵は押し黙った。答えづらい、つまり肯定したということだ。裏雲も那兪（なゆ）を閉じ込めたことがある。汀柳簡も同じことをしたということ。

つまり後戻りできない立ち位置にいるのだ。天と敵対してもよいという気持ちはそこまで本気なのだろう。

「わかった。もういい、部屋にいるときはくつろいでいてくれ。私がもし逃げるときは一緒にくればいい」

「……いいのか」

「自由だから暗魅だ」

黒翼仙は後天的な暗魅のようなものだろう。死ぬときは生きた痕跡も残さず、焼きつくされる。

「ところで私は少し部屋の外を歩きたいんだが、そういうときはついてくることになっているのかな」

夜歩くなと言われているが、言うことを聞く気はない。この場合、彼はこっそり尾行するのが務めだろう。

「出てはいけない」

「宰相閣下は隠し事が多い。そこがわからなければどうするべきか決められない。これは天下四国崩壊という大事だ」

あまり事情がわかっていない虞淵は首を傾げた。国がどうこう言われても、つるまない暗魅には理解できないことだろう。それでも虞淵は裏雲の背中に張り付いた。本能で生きる暗魅は自分に正直でいい。

（もう少し宰相の腹を探りたかったが……軟禁されていては分が悪い）

裏雲は指を嚙むと卓の上の布巾に血をつけた。これで一度だけだが、連絡をとることができる。しかも交信できるのはこちら側からだけだ。

「……雪か」

窓の外では見張りの松明が雪を照らしていた。今夜は少し積もりそうだ。

裏雲は蜥蜴とともに部屋を出た。暗い廊下は何度見てもあの世へと続くようだった。

二

同じ頃、飛牙と那兪もまた駕国王宮を進んでいた。

蝶になった那兪が廊下を先に進み、人がいないかを確かめる。そのあとを飛牙が続いていた。

(すっかり忘れられたけどさ)

それでも那兪と一緒にいる安心感は大きい。天は飛牙との記憶を害悪と判断して消し、那兪を〈矯正〉したということだろうか。

完全に堕ちた天令になるよりはよかったのかもしれない。飛牙は天に悪い友達扱いされたのかもしれないが。

蝶が動きを止め、壁に張り付いた。人が来るという合図だ。飛牙も急いで陰に隠れる。こっちに曲がってこられるとまずいことになるが、見張りの兵はまっすぐに通り過ぎた。まずは安堵(あんど)する。

——思思(しし)はこっちだ。

蝶に案内され、天令の部屋へと向かう。

飛牙としてはもちろん裏雲を優先したかったが、生憎(あいにく)彼の部屋はわからず、天令を先に助けることになった。

ただし、天令は縛め(いまし)の首輪をされており、それをこの場で外すか、一旦そのまま連れて逃げるかを決めなければならない。首輪をした天令を光となって運ぶのは無理だという。

普通の小娘を連れてここから逃げなければならないということだ。今夜のところは裏雲を諦めるしかない。そのあと天令二人の協力があれば改めて助けに来ることは可能だ。

(ただ、今の那兪がその約束を果たしてくれるかどうか)

信じるしかないが、記憶がないということは絆(きずな)もないということ。

「天令の拘束具ってのはどこにでもあるのか」

——わからない。ただあの宰相ならば呪文を知っていて、刻めても不思議ではない。

「しかも白翼仙と違い、とんでもない野心もあるみたいだな。どんだけやばい奴なんだか」

ひそひそと蝶と話しながら奥へと進む。

──まあ……彼は特別だ。

「捕まっている天令とは仲がいいのか」

──仲がいいとか悪いとか、天令にはない。思思は過ちが多い私を愚かだと思っている。

「そんな奴を助けるのか」

──天に命じられれば、それは絶対だ。

「なんでおまえ一人なんだよ。他にも天令はいるだろ」

──天がお決めになったことだ。

一時期は天の考えがわからないと悩んだりもしていたが、天の忠実な僕は再び疑問を持たない存在になったらしい。

「前にも入ったんだろ。また光になって入ればいいんじゃないのか」

──光でも侵入できない。思思の部屋には術が施された。

「じゃあ正面突破しかないわけだ」

——鍵は開けられるな。

「任せておけ」

外と違って指が動かないほど寒いわけではない。

——この棟の三階だ。

暗い渡り廊下を音をたてないように進む。宰相の専用棟は人の気配がなかった。

渡り廊下は本館の二階と棟の二階を繋ぐ。階段を上りかけたところで見張りの兵に出くわした。声を上げられる寸前、飛牙は兵の腹に拳を埋め込んだ。

「わりいな。ちょっと休んでろ」

見張りを廊下の隅に置き、飛牙はさっそく錠前を開けにかかった。那俞がわずかに発光して手元を照らす。

「蛍みたいだな」

——いいから急げ。

「もう終わったよ」

細い金属の棒一本で鍵を外すと、飛牙は静かに錠前を下に置いた。

ゆっくりと扉を開ける。

「今夜はおまえと話す気はない、戻れ」

中から若い女の声がした。

「思思、私だ」

人の姿になった那侖が部屋に入る。

「那侖……来たか。その男は？」

銀髪の少女が駆け寄ってきた。

「助っ人だ。徐国の寿白殿下」

「なんと。祖国を取り戻し、英雄と呼ばれる寿白殿下だというのか。想像と違うが」

そのあたりは宰相から聞いていたらしい。

「そなたが英雄？」

那侖が怪訝な顔で振り返った。

「そういうことになったらしい」

「さっき言わなかった」

ここまで来る間、お互い言える範囲で情報は出し合っていた。

「自分で言うほど厚かましくねえよ。いや、まあ、開き直って言うときもあるが。とりあえず今は飛牙と名乗っている。そっちで呼べ」

「……飛牙か」

那侖はその名を聞き、考え込んだ。

「そんなことより、ここでそのごつい鉄の首輪を外すのは無理なようだな。完全にくつついている。一緒に逃げるぞ」

「できるのか」

少女は人間ごときがと言いたげに顔を見上げてきた。姿形は花のようだが、天令とは皆こんなふうに高飛車なのかもしれない。

「捕まりそうになったら那愈が光を放てばいいだろ」

「だがそれは……」

大事にしたくないというように思思が躊躇った。

ここの宰相は少女の細い首にこのようなものをはめ、何十年と閉じ込めていたのだ。天令であれ、人であれ、こんなひどいことはない。那愈の仲間でなくとも、助けてやりたい。それが今の飛牙の想いだった。

「思思、もはや気にしている場合ではない。ここで失敗すればさらに警備がきつくなるだろう。それに対抗するために天は腹をくくるやもしれぬ。だが、もし駕国を護りたい気持ちが少しでもあるなら天へ戻って交渉してみればいい」

「駕は私が見守ってきた国だ。極寒を生き抜いてきた民は我慢強く勤勉で、国を憂う心もある。宰相には無駄と承知でそれも言って聞かせた。国を手放せと」

「それなら動け」

「私が何を言ったところで変わるとも思えないが……わかった」

少女は納得すると一緒に部屋を出た。

代わりに見張りの兵を部屋に放り投げ、再び鍵をかけ直す。異変に気付かれないことが肝要だ。出来れば見つからずに城を抜け出したい。

蝶に戻った那俞が逃げ道を先導する。内側からなら外に出るのも難しくはないだろう。そこから壁を越えることになる。

音をたてずゆっくり下り、渡り廊下を戻っていく。洗濯場を通って城の裏手に抜けるつもりだった。

「急げよ、交代の時間だ」

「ああ、わかってる」

廊下の向こうから男二人の声が聞こえてきた。すぐに柱の陰に隠れ、兵たちをやり過ごした。

(交代となるとばれるぞ)

このままでは閉じ込めてきた見張りがいなくなったことに気付かれる。

——どうする?

「騒ぎになる前に逃げるしかないさ」

飛牙は少女を連れ、先を急ぐ。向こうが気付く前に壁まで行けたなら、間に合う筈だ。

そのときだった。

「すまんすまん、忘れた。すぐ戻るから――うわ」

通り過ぎた筈の兵士が一人戻ってきて、銀髪の少女と見たこともない男を見つけてしまったようだ。

「おい、どうした」

もう一人の男もこちらに戻ってくる。

「那俞、頼む」

兵士の声はけっこう響いた。すでに異変に気付かれたと思った方がよさそうだと判断し、飛牙は少女の手を取ると走り出した。後ろですさまじい発光がおきる。

「英雄殿、城を出るのだろう。どうする」

縛めをされた少女は走るのも遅かった。もう息を切らしている。

「もう、強行突破しかない。離れるなよ」

飛牙は右手に刀を握った。

「こっちへ」

突然横の扉が開いて、よく知った声がした。

「裏雲……っ」

会いたかったその顔に、飛牙は叫んだ。

「騒々しいと思ったら。まさか今夜来るとは」

裏雲もまた会えた喜びに破顔していた。

「そこから逃げられるか」

「窓がある」

「那兪、こっちへ来い」

飛んで来た蝶に手招きする。中に入れると、すぐに室内から扉にかんぬきをかけた。

——それがおまえの裏雲か。

「そうだよ。これでみんな逃げられる」

古い書庫らしき室内が那兪の光でほのかに明るくなった。

「春まで動くなと言ったのに」

「おまえのそういう指示には絶対従わないんだよ、俺は」

裏雲の眉間の皺（しわ）が深くなる。そんな様子が愛（いと）しくて思わず笑っていた。

「傷は……大丈夫か」

「うん、なんとか」

こんな状況でなければもっと怒っていたのだろうが、裏雲は諦めたように吐息を漏らす。こうしている間にも、廊下には人が集まってきて扉を破ろうと体当たりを始めていた。

「蝶は那諭で、そっちの娘も天令だな」

「俺はおまえを助けに来た。那諭は仲間を助けに来た」

「そうか。宰相が捕まえているという天令に会えないかと部屋を出てみればこの騒ぎだ。仕方ない、こうなっては一緒に逃げるしかなかろう」

まるで逃げる気がなかったかのようなことを言って裏雲は観音開きの窓を大きく開けた。雪混じりの寒風が吹き込んでくる。

「扉が破られる。先にこの娘を抱いて飛んでいってくれ。那諭、俺を運べるか」

——それしかあるまい。

木材の折れる音がして、激しく扉が破られた。

「那諭っ」

破られた扉の木片が蝶の那諭をかすめた。羽を損傷し、落ちてきた那諭をすぐさま拾い上げると、裏雲の袖に押し込む。

——すまぬ。

「気にするな。すぐ治るだろ。助けに来てくれるよな」

武器を構えた数人の兵士たちがなだれ込んできた。

「裏雲、行け」

戸惑いを見せた裏雲だったが、二人を抱えて飛ぶことはできない。天令の少女を胸に抱くと窓枠を蹴った。黒い翼が広がり、夜の寒空に舞い上がる。

裏雲たちは無事に空の彼方へと消えていった。それさえ確認できれば血を流す必要はない。刀を捨てた。

「ほら、降参」

飛牙はたちまち兵たちに腕をとられ、頭を床に押さえつけられた。

「おのれえ、何奴だ」

城を襲われ、兵の声は殺気だっていた。

「我が国を護るのは我らだ。好きにはさせんぞ、決して……誰にも」

しゃがみ込み、兵長らしき男が首に剣を突きつけてきた。ここにもなかなか気骨のある兵がいるようだ。

「これこれ。丁重に扱わぬか、私の客人だ」

老人のしゃがれた声がした。

「宰相閣下のお出ましかな」

兵士たちの押さえつける力が弱くなり、飛牙は頭を上げた。

「さよう。我が城へようこそ。歓迎いたしますぞ、殿下」

老人の氷のごとき双眸に見下ろされ、底知れぬ畏れを感じた。

三

「こちらは裏雲殿が使っていた部屋だ。遠慮なくくつろぐといい」

連れて行かれた部屋はこざっぱりとしていた。ここに裏雲がいたのなら酷い目には遭っていないのだろう。

「くつろげるかよ」

飛牙はがっくりと寝台に腰をおろした。

「黒翼仙から殿下に入れ替わったが、それもいい」

結局そういうことだ。飛牙と裏雲で人質が入れ替わった。しかし、こちらは天令を助けているのだから、負けてはいない。

「越の装束は無骨でいかんな。あとで着替えを持ってこさせよう」

「客人に手鎖はないだろう」

じゃらんと音がした。両手は鎖でつながれている。

「余裕をもたせておる。食事などには不自由あるまい。しかし城に忍び込むとは殿下も趙将軍の子息も実にやんちゃだのう」

老人は目を細めた。

「しかもこの変な呪文。俺は天令じゃないぞ」

　手鎖には天令の力を削ぐ呪文のようなものが刻まれていた。

「それをつけられた者は天令も光の力で連れ去ることができない。人にも使えるということだ。もっとも人には初めて使う。そなたのように天令と昵懇になる者などめったにおらぬからな」

　用意周到なことだった。この状態でもひねり潰せそうな老人だが、向こうは術の使い手。しかも袖の中に飛び道具を隠していると聞いた。

「これはあんたが作ったのか」

「教えてやろう。これは天令自身でなければ作れないのだ。宥韻の大災厄を起こした天令も災いを招かないために自ら作っていた。しかし、天令は自分で自分にそれを科すことができない。誰かにはめてもらう必要がある。その誰かを探しているうちに間に合わなくなる。なにしろ相手が天令と知ると、人は畏れ多くてそんなことができない。堕ちた天令とは憐れなものだな」

　那兪でさえ、そこまではっきり知らなかったようだ。本当に堕ちてみなければできないことなのかもしれない。

「なんであんたがそんなことを知っている？」

「大災厄の天令から聞いた」

飛牙は目を丸くした。

「六百年以上前だぞ」

「力を使い果たしたとしても彼らは死なない。そういった者は普通の天令や翼仙(よくせん)以上に知識の宝庫なのだ」

初めて聞く話に飛牙は驚く。

「……会えるものなのか」

「長く生きていれば、そういう機会にも恵まれる」

老人といったところで八十前だろう。宰相として国を動かしていた男にそんな時間などあっただろうか。

「もっともどんな知識を得たところでそなたでは役にもたてなかろう。のこのこ城に入って捕まる程度の男だ。さても人とは愚かよの。助けようとしては代わりに捕まる。その繰り返し」

「あんたも一応人だろ」

「どうであろうな。しかし、助ける必要などなかったというのに。どのみちあの男は私に仕える」

むかついたが、ここは堪える。この爺(じい)さんからはまだまだ話を聞き出さなければならない。今なら口も緩むだろう。

「お招きしたのだから、正門で名乗ってくれれば開けたものを。それともこそこそ潜り込むのが徐国のやり方かな」

「胡散臭い誘いには警戒するもんだ」

「天の裁きから友の命を救う方法を探していたのだろう。教えを乞うならもう少し謙虚になるべきではないかな」

飛牙は疲れたように笑った。

「長いこと天令を閉じ込めていたあんたがそれを言うか」

「殿下は徐国復興に天令を利用したのであろう」

そこを突かれると痛い。

「小娘をどれほど監禁していたんだよ」

「知っておろう、あれは小娘などではないわ。ほんの三十年かそこらだ。天令にとってはわずかな月日よ」

「天に喧嘩を売ったんだろ」

汀柳簡は肯いた。

「そう受け取られても仕方がないのは理解しておる」

「あんたはこの国の実質の王だろ。国を護らなくていいのか」

「打って出なければ護れないものもある。徐国のように滅ぼしたくないのでな」

いちいち癇に障ることを言う男だ。

「呪術と技術、相反するものを活用していこうってのはすげえよ。でも、どこの国も他国を攻める気なんてねえ」

「そう。どこの国も傾きかけた自国のことで精一杯だ。だからこそ、こちらから仕掛ける価値があると思わぬか」

やはりそういうことかと飛牙は唇を噛んだ。この男の狙いは武力による天下四国の統一だ。

「駕も戦ができるほど豊かとは思えないがな。王都に来るまで廃村をいくつか見たぞ。民は飢えているし、冬を乗り切る薪にも事欠いている」

「この国はどこよりも厳しい環境にある。多くを救うには痛みを伴うものだ」

「あんたの野望を王様は支持しているのか」

柳簡は鼻で笑った。

「陛下は夢の中にいる」

「……あんたがやったんじゃないのか」

この男ならできないことはないだろう。呪術は権力の裏で暗躍する。

「陛下が幸せならそれでよかろう」

あっさり認めやがった。

「夢の中にいたら世継ぎも作れないんじゃないか」

「私に抜かりはない。皆、私の手のひらで踊る」

手を広げて見せてから、ぎゅっと握った。

「きっとみんな踊り疲れているだろうさ」

「私の疲れに比べればたいしたことはない」

その声には苦痛が滲んでいるようにも感じた。

「いやいや。殿下こそ、随分活躍なさったようだ。疲れておろう。今夜はもう休むとよい」

話を打ち切り、出て行こうとする柳簡を呼び止めた。

「黒翼仙を救う方法を知っているのか」

老人は扉の把っ手に手をかけて振り返った。

「殿下があの男と生涯一緒にいられる方法なら知っている」

それだけ言って柳簡は部屋を出て行った。外側から鍵をかけられたようだ。天令の部屋にあった錠前と同じものだろう。

「……どういう意味だ」

寝台に転がり、飛牙は爪を噛んだ。生涯一緒にいられるということは黒い翼が焼かれることはないのか。

おそらく柳箇は裏雲を側近として重用したいのだろう。庚を滅ぼすだけの行動力、黒翼仙としての知恵、裏雲を欲しがるのはよくわかる。

「じゃあ、俺はなんだ？」

徐国の前王を味方にするのは悪くない。だが、言うことをきくわけがないことくらいはわかっているはずだ。あの男はこちらを偵察させていたのだから、燕や越との縁が深いのも知っている。

術で廃人同然にすることはできるだろうが、言いなりにさせるのは不可能らしい。それができるなら王にでも誰にでもそうしているだろう。

いかに元王様で英雄様だとしても、思い通りにならない男に利用価値があるとは思いにくい。

（俺はどうすればいい）

駕国が侵攻を目論んでいるなら止めねばならない。手っ取り早いのはあの男を殺すことだ。だが、政治的立場のある〈寿白殿下〉がそれをやれば、今度は徐国からの宣戦布告になりかねない。

それに柳箇は簡単に倒せるような相手ではない。だからこその自信だ。下手に動けば、こちらが術で殺されるか、王のように夢の住人にされるのがオチだろう。いや、そもそもこんなものをつけられていては那兪だって光になって助けられない。

も助けようと思わないかもしれない。如何せん、那兪には今まで苦楽を共にしてきた記憶がないのだ。向こうは思思を奪還している。見捨てられてもおかしくない。裏雲が助けに来れば、それこそ同じことの繰り返しだ。

「寝るか……」

翼も玉もないのだから、体だけが資本だ。

目を閉じると、どこからか女のすすり泣きが聞こえたような気がした。

四

翌日、昼過ぎのことだった。

カツンと一度床を叩く音がして、扉の下の隙間に一枚の紙が差し込まれてきた。中を開くと流麗な女文字で文章が書かれていた。

「麗君……？」

もしかしてこれは駕国の王后からのものだろうか。

〈この部屋に徐国の寿白殿下が監禁されたとの話を侍女より聞きました。陛下は話すこともできず、わたくしには何の権限もありません。見張りの兵が交代するわずかな隙に、侍女に頼んでこの手紙を届けてもらうことにしました。夜にまた手紙を差し上

げます。よろしかったらその手紙と引き換えにこちらの手紙のお返事をいただけないでしょうか〉

飛牙は考え込む。

この手紙を信じていいものだろうか。汀柳簡の罠（わな）ということも考えられる。手紙からは仄（ほの）かに香の匂いがするが、あの男ならそこまで徹底しても不思議ではない。

しかし、王后だというなら応えなければならないだろう。とはいえ、この部屋に筆記具はなさそうだ。暖炉から焦げた木片を拾い、王后の手紙の裏に文字を書く。

寿白である――焦げた部分を使うだけでは、それくらいしか書けなかった。なんとかして筆を作れないかと、自分の左手の指に噛みついた。

「仕方ねえ」

左の小指から流れる血で文章を綴（つづ）る。

〈寿白である。宰相に捕まった。王后陛下、この国は他国に攻めようとしているのか。それはあなたの望みでもあるのか〉

なんとかそこまで書くことができた。挨拶や丁寧な言葉などに血液を使ってはいられない。

このことを他の三国に伝えられたら、戦備えくらいはできるだろうが、果たして全面的に信じてくれるかどうか。亘筧（こうけん）、甜湘（てんしょう）、余暉（よき）は信じてくれるだろう。だが、どこの国の王も戦備えの強権を発動できるほどの力はない。

（どこの国の者たちも戦争などしたことがない）

地形や軍事力を考えれば、最初に狙うのは燕国ではなかろうか。

那兪に伝えてもらえば早いが、それはかなりの干渉になる。せっかく記憶を消すことで一度は堕天を免れたのだ。それをまたさせる気か。

窓に鉄格子はないが、ここは三階。手鎖の状態で下りていくのは難しい。

焦るのはやめ、扉の下から次の紙が差し込まれるまでのんびり待った。動けないときは体を休めるに限る。

（来たっ）

二通目の手紙と入れ替わりに、飛牙は血文字の手紙を廊下側に差し込む。すぐに引き抜かれた。

これで文通はうまくいったということだろうか。飛牙は手紙を開いた。

〈陛下は宰相によって心を奪われてしまいました。宰相が捕まえた天令を解放しようとしたためです。この国はもう終わりなのかもしれません。他の三国に併合されてしまうほうが民にとっては幸せなのではないかと思うこともあります。でもわたくしには終わりにする力もないのです。どうすれば寿白殿下をお助けできるのかもわかりません〉

王后がここまで書くとは驚きだ。今の状態より他国に併合してもらうほうがましだと考えているのだ。

とはいえ、どこの国も駕国を救う余力はない。

こんなことになっているのに天が不干渉を貫くというなら、もはや天下四国は終わるということだ。また戦乱の世が来るのか。

(ま……しかたねえか)

それが歴史の流れというものなら、一介の風来坊が気を揉んでもどうにかなるものではない。まずは裏雲を天に殺されないことこそ、飛牙にとっての第一であった。そのために玉座を蹴ったのだ。

誰になんと言われようと、それこそが決して曲げられない為すべきことだった。

ここに監禁されていても、裏雲を救うことにならない。飛牙は部屋の中を歩き回り、何か使えるものはないかと探し始めた。なにしろ食事は仏頂面の楊近という男が運んできて、食べ終わるまでいる。監視されていて食べ終わればすぐに下げられる。陶器や箸などを残さないためだ。ああいうものは武器になる。

部屋にあるのは木製の湯飲みだけだった。これを加工するにも道具がない。それになくなれば徹底的に調べられるだろう。

窓から鳥を呼ぼうにも昨夜からの悪天候で難しい。唯一見つけたものといえば抽斗にあった奇風絵札の束だけだった。一人でも複数でもできる遊戯であり、ワケあり客人の暇潰しに置かれていたのだろう。

なかなか知恵のいる遊びで、徐の王宮でもよく嗜んでいたのを思い出す。数字と絵柄の掛け合わせで、攻めたり守ったりできる。王族から庶民まで天下四国に広く浸透していた。

(悧諒とよくやったよな)

子供の頃を思い出すと、どうしても裏雲より悧諒という名前が出てくる。

普通の紙より硬い絵札を眺めているうちに、ふと思いついた。手鎖で四隅をこすりさらに尖らせてみた。

(裏雲とずっと一緒にいられるってことは、助けられるって意味なんだろうか)

あの爺のことだ。素直に受け止めにくい。

絵札の四隅を何枚も尖らせながら、そんなことを考えていた。薪の燃える炎だけで、深夜になるまで作業していると、扉を叩く音がした。

「どちらさん?」

絵札を抽斗に戻し、扉に向かって大きな声を上げた。すぐ暖炉の中に王后からの手紙を投げ入れる。

「私だ」

汀柳簡の声がした。同時に鍵の回る音がする。

　こんな夜更けにやってくるとは何かあったのだろうかと、飛牙は身構えた。王后との文通の証は無事に燃えたようだ。

　扉が開き、駕国の宰相がお出ましになる。今夜は楊近も一緒に入ってきた。腰には剣を携えている。

「お似合いではないか。駕国の装束はどこよりも洗練されているであろう」

　出された着物に着替えていた飛牙を見て、うむうむと肯く。

「さあな。着物なんて尻が隠れて寒くなきゃいいんだよ」

「……苦労しすぎたようだな」

　刺繡などは見事だが、もう少し防寒のほうに力を注ぐべきと思った。逃げにくくするためにわざと選んだ着物なのかもしれない。

「年寄りは早く寝たほうがよくないか」

「忙しくてな、なかなかそうもいかぬ」

　座って話す気はないらしい。暖炉の明かりで片側を照らされた老人はひどく不気味で、この世のものとは思えなかった。

「若いもんに任せて、引退するってのはどうだい」

「それができればよいのだが。今夜はとくに厄介ごとが起きてな。謀反人を捕まえたところだ」

飛牙は目を見開いた。

「謀反人……？」

「残念なことに王后付の若い侍女が他国の王族と通じ、密書のやりとりなどをしてな。この国を属国にせんと目論んでいたのだ。恐ろしいことだ。いかに王后に泣いて頼まれても、これだけは許すわけにはいかぬ。取り調べの末、日を改めて処刑とする」

飛牙の唇は震えていた。

「……てめえ」

「本来なら王后も反逆罪で万死に値するが、そこまでしては民が動揺する。すべては侍女のしたこととして取り締まりを強化する」

手鎖のまま飛牙は飛びかかりそうになったが、楊近がすばやく割って入る。

「下がれ」

剣先を飛牙に突きつけた。

「これこれ。大切な客人だ、無礼のないよう」

主人に言われ、飼い犬は一歩退いた。

「王后陛下の処遇についてはは明日にでも改めてご相談したい。では、これにて」

柳箇は扉の前で一度振り向くと、折りたたまれた一枚の紙をその場に捨てた。

「おお、塵（ごみ）が落ちてしまったな。すまぬが、燃やしておいてくれ。侍女が最後に持っていた密書だ」

二人の男が部屋を出て行った。

(最後の手紙……)

飛牙はその紙を拾った。

奴はわざと落としていった。これを読ませるためだ。恐る恐る、短いその文章を読み終わると、飛牙の手から紙が落ちた。

そこにはこう書かれていた。

〈宰相に気付かれるやもしれません。手紙はこれでひとまず最後といたします。お伝えせねばならないことがあります。これは駕国の王族と宰相の側近くらいしか知らぬことです。あの男は汀柳箇ではございません。姿こそ、我が大叔父の汀柳箇なのですが、中身は違うのです。大叔父は穏やかで素晴らしい方だったと聞いております。あの男は駕国の始祖王、汀海鳴なのです〉

あまりにもありえない名前に、飛牙は目眩（めまい）を覚えた。

汀海鳴だと——？

第四章　嘆きの后

一

　これが私の国。

　若き術師、汀海鳴が治める駕国。天に認められ、始祖王となり国を治めよと託されたのだ。

　誇らしかったものだ。

　北の大地は厳しく、未だ世の中は争いがおさまらない。だが、海鳴は希望を失っていなかった。

　一つ一つ解決していこう。この身はまだ二十歳を一つ超えたばかり。始祖王たちの中でももっとも若い。先は長い、生きている間に王国の基盤を固め、それからゆっくり我が子に託せばいい。

　若き王には溢れんばかりの未来があった。

困難に打ち勝つ自信もあった。

天の申し子とまで崇められた術の力。氷の彫刻と謳われる美貌。そして生来の王の器はどの始祖王にも負けはしない。

駕国を一番にしてみせる。駕国に生まれたことを民は感謝するだろう。あのむごたらしい戦乱を忘れ、誰もが幸せになる。

実際は茨の道であった。

いきなり天が介入してきて、これが王だと若造を出してきても納得できるものではないだろう。王とは認めない反乱軍。作物が根を張ることすら拒絶する土。そして一年の半分はすべてが凍りつく。

王子と姫に恵まれたが、血を吐いて倒れたのは二十七のときだった。

(長くない)

そう悟った。

胸を患っていたのだ。

どうすればいい。残された時間はない。長男はまだ四つ。預けられるほど優れた側近も官吏もいない。

これからだというのに、駕国は終わるのか。他国は順調に王国の基盤を固めているというのに。

彼らの国は温暖だ。彼らは死にそうにない。

何故、私だけ？

死を前に海鳴は天に向かって慟哭した。死ぬわけにはいかない。私はこの国を護らなければならない。

幼い我が子を抱きしめた。どうやって護ればいいのか。

(私には呪術がある)

死してなお生きる——そんな術があるではないか。

転生外法と呼ばれる禁断の呪術。使ったことがある者がいたのかどうかも怪しい。それほどの術師など見たこともない。私以外。

この術は相手が血縁者でなければ使えない。

海鳴の血縁者は知る限り少ない。子供たちと祖母と弟と叔父だ。子供は幼すぎて論外。祖母は高齢だ。使えるのは叔父と弟だけだった。迷わず叔父を選んだ。何の役にもたたない穀潰しだ。弟には側近になってもらう。

軌道に乗るまでだ。

我が子が王として成長すれば身を引こう。死出の旅路につけばよい。

そうだ、一時的なものだ。天に逆らうものではない。

倒れてから一年。いよいよ死ぬ。

弟には話してある。叔父を連れて来てもらい、術にとりかかった。護国安寧の祈願と言ったら信じたようだ。

血と呪文……そして限界まで高めた意志。

私の体は死に、次の瞬間には肉体以外のすべてが叔父の体に入っていた。

翌日から私は幼き王の後見となり、宰相の地位についた。十年、二十年のこと。それまでには駕国は素晴らしい国になる。

……なるはずだった。


薬を飲み、体を休め、三百年間のことを思い出す。

子も孫も努力はしていたが、海鳴から見て満足できる王ではなかった。

汀海鳴はあと何年存在していればよいのだろうか。どこの国も始祖王など歴史の彼方の伝説だというのに、こうして血縁者に寄生して生き続けている。

かつての輝きも色褪せ、魂はすり減るばかり。

鏡には老人の下の男の顔が透けて見える。王の中の王と謳われた凜々しい姿も、今は疲れた冷たい目をしていた。

透けて見えるということは、この体が尽きようとしているということ。寿白はそのためにも必要だった。裏雲がいてもいなくても使えるのがあの男だ。

放っておけばこちらの企てをすべて台無しにするだろうが、それすらも有効利用するとっておきの手立てがある。

永かった。王族は消えかけ、民も疲弊しているが、燕に侵攻できるところまで整ってきた。だが、指導力のある者は少ない。これは偏に三百年同じ人間が統治してきた弊害であろう。海鳴はすべてをこなし過ぎた。

戦のためにも総大将が必要だった。

そのため裏雲に白羽の矢をたてた。うまいこと寿白と裏雲、両方を呼び寄せることに成功した。あれは陰陽一対のもの。互いから離れることはできない。

我が悲願、翼国による天下四国の統一にはどうしても必要な人材だ。

(統一さえできれば、私とて休める)

それだけを糧にここにいる。

「お……お姿が」

部屋の奥から着替えを持って戻ってきた楊近が宰相の姿を見てひれ伏した。

「見えてしまったか」

宰相はすぐに気を張り詰め、本体を消した。

「体が震えまする。私は神にも等しい始祖王陛下にお仕えしていたのだと……まことその姿、天そのもののごとき眩しさ」

始祖王とはそれぞれの国の守り神なのだ。曖昧で得体の知れない天などというものよりも、もっと具体的に神だった。

「かまわぬ、立て。我らの理想はすぐそこにある。私を支えてくれ」

ははっと楊近は額を床にこすりつけた。

「もったいなきお言葉。始祖王陛下の御為なら、この楊近どんなことでもいたしてみせます」

「今の私は宰相汀柳簡だ。さて、王后に反省していただかねばな」

楊近は立ち上がり、はいと肯いた。日頃は眉一つ動かさない男だが、忠誠心は誰よりも厚い。

「翠琳を助けてくれと泣いて懇願しておりますが」

「たかが侍女一人にそのざま。それでよう寿白と連絡をとろうなどと思ったものよ。所詮、ぬるま湯に育ったおなごよ」

王后を切り捨て、宰相は着替えをした。

「だが、子は産んでもらわねばな」

地上は地上の神が支配する。

天などに干渉させるものか。

二

城から逃れた裏雲は王都相儀の郊外に宿を取り、二人の天令と暗魅とともに一つの部屋にいた。

「外せぬのか」

銀髪の少女が苛立ちを見せた。久方ぶりに解放されたとはいえ、その細い首には未だ鉄の輪がはめられている。

「刀鍛冶のところにいけば切れるかもしれない。宰相の手が回っているやもしれぬから、そこは慎重にならねば」

那兪は腕組みをして寝台に座っていた。

那兪もまた、まだ気持ちが落ち着かないようであった。無理もない。仲間を脱出させられたものの、飛牙を犠牲にしたのだから。記憶を奪われ、子供の頃の殿下しか覚えていないようだが、それでも持って生まれた性質までは天も矯正できなかったのだろう。無事なのか気になって仕方ないらしい。

(殺すために殿下を呼んだわけではない)

裏雲もまたそう思うことで落ち着こうとしていた。

「早く光になりたいのだ……たいした歳月ではないと思っていても、やはり長かった」

思思は窓辺に立ち、灰色の空を見上げていた。

「天令様に一言ご提案差し上げてもよろしいかな」

放っておこうかとも思ったが、さすがにこれ以上は面倒だ。裏雲は尊大で美しい少年少女たちに解決策を授けることにした。さきほど無事に合流した子猫を膝からおろす。

「黒翼仙など穢らわしいが、助けられたのは事実じゃ。くるしゅうない、言うてみよ」

思思はふんと鼻を鳴らした。

「では穢れた翼から戯れ言を申し上げましょう。首輪を外すことに躍起になっていらっしゃるようですが、問題はその鉄の輪ではなく、刻まれた呪文なのではありませんか。つまりヤスリでも使って一文字消してしまえば済む話かと存じます」

そう言って裏雲は指ほどの大きさのヤスリを見せた。天令をここに残し、宇春を迎えに行ったとき、手に入れておいたのだ。

「なんと……！」

「……そうか」

天令が同時に声を上げた。どうも天令というのは柔軟な発想に欠けるようだ。

「呪文を削るとなると天令には無理だろう。裏雲よ、やってくれるか」

那兪に頼まれ、快く肯く。

「では削ってみましょう。思思様は寝台にうつぶせになっていただけますか」

思思は言われたとおりにすると、長い髪を寄せてうなじを出した。鉄の輪がはめられた華奢（きゃしゃ）な首はやはり痛々しい。

「それにしても何が目的で宰相は思思を監禁していたのだ？」

「鑑賞用などとふざけたことを言っていた。侍女の格好をして王宮に潜入したとき気付かれたのだ。皆がいた中で私だけ、息を白くしていなかったらしい」

「天令を鑑賞だと」

二人の会話を聞きながら、裏雲は首輪を擦っていた。刻まれた文字は深さがあり容易ではなかったが、すこしずつ削れていく。

「そうではないでしょう」

人の心がわからない連中に説明してやるのも無駄かもしれないが、一応意見として言うことにする。

「天令を捕らえていたのは叫びですよ。助けてくれという血を吐くがごとき訴えです。彼は天に止めてほしかったのではありませんか」

少女の天令は怪訝な顔をした。

「ならばそう言えばよいではないか」

「天は応えましたか？」

那俞は首を振った。

「応えないだろうな。それが天だ」

「だからといって私を捕らえてどうなる。天は三十年私を救いにはこなかった」

思思はうつぶせのまま怒りを見せた。

「そういうことです。どれほどの祈りも届かない。宰相閣下は他国への侵攻を決断せざるを得なかった」

「そなたにはあの男の気持ちがわかるようだな」

記憶を奪われた天令が言う。

「私も祈りましたから。殿下もでしょう。祈って祈って……絶望した」

国も家族も愛する人も失い、二人の子供はそれぞれの場所で慟哭した。

「助けを求める祈りは人の数だけ届く。叶えていてはきりがない」

「でしょうね。私が天でもうんざりだ。ですが、宰相閣下の祈りは誰よりも長かったのではありませんか」

二人の天令はこの問いかけには答えてくれなかった。裏雲は首輪をこすり続け、ようやく一文字刻まれていたものが見えなくなる。

「う……っ」

縛め（いまし）の呪文は効力を失ったらしい。思思は起き上がると、戻ってきた力を試すように体を発光させた。

「外に光が漏れるとまずい。抑えろ」

那兪が慌てて雨戸を閉めた。

「戻っている……力が」

思思は愛らしい顔に歓喜の表情を見せた。感極まったように両手で胸を押さえる。

「よろしゅうございましたね。その無粋な首輪は天に戻れば外してもらえるでしょう」

「穢れた黒き翼よ、礼を言う。私はようやく飛ぶことができる」

礼を言うのに、穢れたは余計ではないかと思うが、天令とはこうしたものなのだろう。

「思思、蝶（ちょう）になってここから離れ、そこで光となってくれ。宰相にここを突き止められては困る」

「蝶ではない、天令万華（てんれいばんか）であろうが。天令としての自覚が足らぬな、これだから」

ぎりと同志を睨（にら）むと、思思は窓を開けた。

「だが、世話にはなった。一緒に天に戻らぬか」

「私は……残る」

「寿白が気になるか？　かまわぬが不干渉の戒律だけは肝に銘じておけ」

忠告を残し、思思は蝶に変化(へんげ)した。那兪とは違い、赤い蝶の姿をしている。鮮やかな真紅の羽を広げた。

一度、那兪の肩に留まる。天令同士にしかわからない会話を交わしたようだ。かすかな光の軌跡を残し飛び去っていく。王都を離れてから光となって天に昇るのだろう。

「天令が二人もいると宇春も息苦しいようでね。まずはよかった」

裏雲の言葉に、猫も肯いていた。蜥蜴(とかげ)は部屋の隅からやっと顔を見せた。基本的に暗魅は光の者が苦手だ。

「その猫の暗魅を見ているとなにやら腹立たしいのだが」

「この子は蝶を捕まえるのも得意だよ。記憶は完全に消えているわけではないようだね。残ったのも殿下への情かな」

「そんなものはない。だが、借りは返す」

少年は精一杯虚勢を張った。

「では、ともに殿下を助けるということでよろしいか」

「干渉にならぬ程度にやる」

それはかえって難しいのではないかと思うが、天令には天令の都合もあるだろう。口には出さないでおく。

「ところで宰相閣下の長きに亘る祈りのことだけど、ご存じのようだ」

「その話は……」

「殿下救出のためには知っておくべきことかと」

那兪は諦めたように息を吐いた。

「そなたはもう気付いているのではないか」

「駕国宰相の汀柳簡。なんとその正体は始祖王汀海鳴である。これで当たっていますか」

柳簡はまるで実体験のように始祖王の苦難を語っていた。あまり隠す気もなかったようだ。

「そなたは察しがいい」

「師匠を殺して得た知識は豊富でね。転生外法とかいう術だろう。翼仙ですら使えない代物。だが、汀海鳴なら可能だった」

那兪は黙って肯いた。

「そうなると、彼が私を助けるという意味もおのずとわかる。彼の特訓のもと、同じ

術を習得すれば天の火に焼きつくされる前に誰かに乗り移れる」

それも可能だと始祖王に見込まれたのだろう。だが、誰にでも憑依できるわけではなさそうだ。何か条件がある筈だが、そこはまだ確認できていない。

「そなたはそういう形でも生きながらえたいのか」

「どうだろうな。天を出し抜くのは小気味好いかもしれない」

天はそれでも無関心でいられるだろうか。

「そこまでして生き続け、海鳴の手下になるというのか」

「天下四国の統一……というより征服か。やりがいはある」

「不謹慎なことを申すな。天下四国は天の采配により成り立ったのだぞ」

愛らしい顔で目を剝く。

「たかだか三百年。悠久の歴史の前にあっては通り過ぎる一節。それほど大切で、不変を願うなら天も干渉してでも止めるのではないかな」

「天を試すようなことを言うな」

「人はいつも試されていた。不干渉という名のもとで」

裏雲は膝の上の子猫を撫でた。蜥蜴は寝台で眠っている。天令と黒翼仙の会話は退屈らしい。

「そなたが海鳴につくというなら、場合によっては敵対することになるだろう。私は天の一部だから。一つ訊くが、寿白はそなたが人の体を奪って生きることを望むと思うか。私にはそうは思えぬ」

裏雲は苦笑した。問題はそこだ。殿下は憐れな黒翼仙を助けようとしている。だが、少なくとも罪を重ねるやり方ではない。

「そこは確かに悩ましい」

海鳴が殿下をどうするつもりなのかもわかっていない。

「……思思が天に戻ったようだな」

窓辺に立っていた那兪は安堵したように言った。無事に天の使命を果たしたのだ。これでとりあえず那兪が大災厄を引き起こす危険はなくなったのだろう。

「あなたも天に戻ったほうがよかったのではないか」

「私は寿白に借りを返す」

その発想がすでに天令ではないように思える。天令は人間と対等などと決して思ってはいないからだ。

「では、策でもたてるとしようか」

「そなたは海鳴の申し出を受けるかどうか決めかねているのであろう。よいのか」

「少なくとも殿下を海鳴に利用されたくはないのでね」

蒼波王のような術をかけられでもしたら、取り返しがつかない。おそらくあれは術者でなければ解けないものだ。

「天令様もとりあえず私を信用していただかないと」

「寿白に仇(あだ)なすことはしないと信じている。だが、それ以外は信じていない。私は幼少の頃のそなたを見かけたことがある程度だ。寿白以上にその頃とは別人に思える」

誰しも無垢(むく)な子供のままではいられないが、この身ほど黒く染まった者はいないだろう。おまけに虫籠に閉じ込めたり、足枷(あしかせ)をつけたりと、この天令にはろくなことをしていない。忘れてもらったほうがましかもしれなかった。

「伊達(だて)に黒い翼を背負ってはいないよ。でも、殿下の本質は何も変わっていない」

「そなたは海鳴にも負けぬほど天を憎んでいるのだな」

誰かと比べてどうこうなどということではないが、殿下の辛苦の日々を想(おも)うと簡単には許せないのかもしれない。

「記憶を失う前の天令様も、天には思うところは多かったようだけど」

怒るかと思ったが、那兪はうつむいた。

「……私は出かけてくる」

「怪我(けが)はいいのか」

「なんともない」

城から逃げるとき羽が傷ついた。そのために殿下を連れて逃げられなかったのだ。

天令は銀色の頭に帽子をかぶると、部屋を出て行った。

天の下僕と余命わずかな黒翼仙。殿下を助け出すという点以外は同意は見られないのだろう。

「虞淵、具合が悪そうだな」

寝台で寝ていた蜥蜴が目を開けた。主人に訊かれたことに答えるため、人間の姿へと変わる。

「天令は眩しすぎて……」

多少慣れてしまった感のある宇春に比べると、やはり光の者が苦手らしい。

「宇春、悪いが彼をつれてこの部屋から離れていてくれ」

猫が頭を上げた。

「天令がいなくなったことだし、さっそく汀海鳴と連絡をとろうかと思ってね。虞淵は彼を見たくないだろう」

虞淵は怯えた顔をして肯いた。あれほど恐ろしい男を裏切ったのだから、それも当然だろう。

「それは月帰を殺した男か」

猫も少女の姿に変わった。その大きな目は怒りを漲らせていた。

「……そうだ」

「そんな奴と仲良くしたりしないだろうな」

宇春はじっと裏雲を睨み付けてきた。月帰とは天敵のような関係だったが、長い付き合いだった。

「約束できない。すまないが、今は言われたとおりにしてほしい」

宇春は少しむくれたような表情を見せたが、虞淵を連れて部屋から出て行った。おそらく空き部屋に入り込むだろう。

「さて、始めるか」

このために部屋にあった布巾に血をつけておいた。その意味はもちろん海鳴ならわかっている。

一人になった部屋の真ん中に立ち、右手の指二本で眉間に触れる。

呪文を唱え、意識をおのれの血に飛ばす。これで一度だけその血がついたものを持った相手と話すことができるのだ。徐国で殿下にも一度やっている。

越国で汀海鳴が使った術もこれと同じだろう。使役している暗魅に命じて、自分の血をこちらにつける。あれだけの距離に自らの幻影まで送ることができるのは、あの男くらいだ。

(城の中……奴の部屋か)

裏雲の意識はそこへ飛んでいった。

「現れたか」

老人は待ち構えていたようだった。すでに人払いしていたのか、他に人はいない。

『突然出て行くことになり、失礼いたしました』

互いに微苦笑を浮かべる。

「私の下僕も連れ去ったか」

『虞淵ですか。彼は閣下より私のほうが好きなようです。とても良い子なのでまずはこちらで引き受けます』

「人花（じんか）など所詮使い捨てよ」

月帰のことで挑発しているのかもしれない。もちろん乗ってやる気はない。

『さて、私の殿下によもや手荒な真似（まね）などしていないでしょうね』

「寿白殿下には貴賓として滞在していただいている。しかし、そなたたちは入れ替わっただけ。無駄なことをするものよ」

『天令を逃がしたのですから、閣下のほうが分が悪いのではありませんか』

老人は余裕の笑みを見せる。

「そろそろ遊んでいる暇もなくなってきたところだ。思思は失敗した天令だ。天の獄のほうがえげつないのではないかと思うがな」

それは否定できない。現に那兪は堕（お）とされたうえに、記憶まで奪われた。

『できれば私の殿下を返していただきたいのですが』

「そう焦るな。寿白殿下には心置きなく楽しんでいただきたいと思っている。駕国の女は美しくて従順だ。是非、親しんでいただきたい」

　女をあてがうつもりなのだろうか。裏雲はさすがに眉をひそめた。

『至れり尽くせりの接待ですか。殿下は思いどおりにはなりませんよ』

「君が私に忠誠を誓えばいいだけだ。私の計画は君にとって天上の夢にも等しい。私を信じて戻ってくるがいい」

　天を憎む男が語る天上の夢とはいかがなものか。こちらもまた夢を見るには汚れ過ぎた身だ。

「天下を獲る。君ほどの才があれば、これほど楽しめることはあるまい」

　彼の声は歌うようだった。その姿は二重になって見える。老人の下に氷の彫刻のような端麗な青年の姿が透けていた。

(これが始祖王汀海鳴か)

　世にも美しい始祖王がともに天下を獲ろうと誘ってくる。なかなかの誘惑だった。

『魅力的なお誘いですが、その天上の夢を教えていただかないことには決断がしづらい』

「手の内を見せるには君は青い。もっと黒く、貪欲になってくれないと。私の下にくれば其の証となろう」

驚いたことに向こうから交信を断ち切られた。普通は仕掛けた方しかできないことだが、さすがに汀海鳴だ。

「ふう……」

疲れて寝台に腰をおろす。

死に損ないの始祖王からすれば、罪を重ねた黒翼仙ですら青二才に見えるらしい。

三

飛牙が捕まって四日目。

何もできないまま時が過ぎる。外は横殴りに吹雪いている。生命が死滅したかのような眺めだった。

多くのことを一人でこなしている宰相はあれからこない。実務の他に天下四国征服計画も練っているのだから、体が足りていないのだろう。明らかに他者を信じていない。信頼できる部下も少ないはずだ。

だからこそ、裏雲がほしいのか。

知恵と実行力のある闇の者……自分に近いと思っているのだろう。

「全然違うんだよ」

裏雲は海鳴とは違う。

少なくとも自分のやったことを正当化などしていない。罪を背負ったまま、天に焼かれて死ぬのが道理だと思っている。

「そうか……」

奴は同じ方法で裏雲を生かそうとしているのか。

誰かの体を使い、人格を存続させ続ける。そうやって宰相の地位につき、王政を牛耳る。そうして三百有余年。

翼国は他の国とはまったく異なる歴史を築いてきたことになる。始祖王による独裁がここまで続いているのだから。

「冗談じゃねえ」

裏雲を死なせたくはない。だが、それは誰かの体を奪って悪霊のように存在させることではない。

裏雲はどう考えているのだろうか。

拒否すると信じているが、海鳴はすでに人の域を超えた存在だ。そんな奴に全力で求められたら抗(あらが)えるのか。

「他に方法はないのかよ」

こちらは両手を鎖で繋がれたまま、なすすべもない。

鎖に鍵はついているが、部屋中探しても鍵穴に突っ込めるようなものがない。鳥に頼めれば何か持ってきてもらうことは可能だが、如何せん外は強風と雪。それに海鳴は獣心掌握術のことも知っていて対策をとっているのかもしれない。

下は雪だ。三階だが、思い切って飛び降りるというのはどうか。しかしこの両手で城の壁を乗り越えるのはまず無理だ。

悶々と考えているうちにまた夜になる。

楊近が食事を運んで来て、暖炉に薪も置く。この繰り返しだった。

「俺を閉じ込めてどうしようってんだ、おたくの親分は」

「あとでこちらに伺うそうです」

「今夜か」

楊近はそうだと肯く。

「その前にお湯をお持ちします。湯浴みをなさってください」

捕まってからその機会がなかっただけにありがたいが、少しばかり気になる。

「今夜は体を浄めておいたほうがよろしいでしょう」

楊近はにこりともせず、食べ終わった食器を持って出ていった。

どういう意味かはわからなかったが、飛牙は寝台に転がった。

まもなく楊近他二人の男が現れ、湯浴みのしたくをした。着替えのため一旦手鎖も外されたが、脅されるように刀を突きつけられていた。ごしごしと体を洗われていると、思い出すのは燕国でのことだ。姫と夜を過ごす前にこんなふうに念入りに洗われたものだ。

（……まさかな）

ここには独り者の姫などいない筈だ。

「このお湯、香が入ってないか？」

「身だしなみでございます」

ますます不安になる。自慢にもならないが、男に求められたことも少なくない。その不安を煽るように、楊近たちは寝具を取り替えた。さらに新しい肌着や絹の寝間着を飛牙に着せていく。

「どういうつもりだ」

着替えが終わると再び手鎖がつけられた。

「それでは失礼いたします」

用事を終え、楊近たちはそそくさと出て行った。

薄い寝間着を眺めながら、飛牙は考え込む。甜湘のときはこちらから彼女の寝室に向かったが、今回は誰かが来るのを待つことになるのだろうか。

悩むこと一刻。ついに扉が叩かれた。

鍵が開けられ、宰相が入って来る。見た目は品の良い老人だが、その中身は怪物だ。その後ろに美しい女が一人。飛牙より少し年上だろうか。うつろな目にはなんの感情も見えなかった。

「夜分申し訳ない。是非ともそなたに紹介したい方がおってな」

後ろの女のことだろう。しかし、飛牙とは目を合わせようともしない。そもそもこの女の目には生気がなかった。

「そちらのご婦人かい」

どこかで見たような気がする女だった。

「そう。こちらは殿下がこっそり手紙を交換した相手。我が国の王后陛下、麗君様であらせられる」

飛牙は息を呑んだ。見たことがあるような気がしたのは少女の頃の肖像画だ。

「……王后に何をした」

「他国の王族と内通するなどとんでもないこと。仕置きは必要であろう」

「王様と同じ術をかけたのか」

海鳴にとっては国王も王后も子孫であるはずだ。何故こんなひどいことをするのか。

「駕国に仇なすとあらば、子孫であろうと容赦しない。身内であればこそ厳しくするのが筋というもの」

「仇なしているのはてめえだろうがっ」

手鎖のまま摑みかかりそうになった。

「私がいなければこの国などとうに滅んでおったわ。実際、越の七代王など国境争いで攻めてきたのだからな。我が術で氾濫する川を食い止めたこともあった。徐国のような誰でも統治できるような温い国とは違うのだ」

「温い国で悪かったな。自分ばっかり苦労しているようなこと言ってるんじゃねえ」

「よく吠える犬よの。蔡仲均によう似ておる」

徐国始祖王の名を出した。

「そなたにふさわしい仕事を持ってきたのだ。この女を孕ませよ」

飛牙はあっけにとられたが、王后は眉一つ動かさなかった。

「……何言ってる？」

飛牙は今でも徐国の王兄であり、燕国名跡姫の夫なのだ。他国の王后を孕ませろとはどういうことなのか。

「大人しくさせるには良い術だが、腑抜けすぎて何もできなくなってしまうのが難点よ。子作りなどとてもとても。しかし、女の方なら寝てればよかろう。王后が孕めばそれは王の子だ」

「憐れな女に、よくそんな真似ができるな」

　散々逃げて放浪して、それこそいろんな人間を見てきたが、ここまでの鬼畜はそうそういるものじゃない。

「憐れではなかろう。夫婦ともども、なんの悩みもない日々を過ごしている」

「俺は結婚しているんだよ。女房以外の女は抱かない」

　昔はどうあれ、今の飛牙にとって妻は甜湘だけだった。

「だいたい、なんで俺でなきゃいけないんだ」

　王后が産んだ子は王の子という理屈なら、それこそ誰でもいい。いくらでもやる外道はいるだろう。

「そう。この王后も王族。私の子孫に当たる。しかし、だいぶ血が薄くなってきてな。それは都合が悪い。だからこそ、この二人を結婚させたが、王は子供を作れる状態にない。ならばよそから私の血を引く男を連れてくるしかない。他にいないわけではないが、徐国の前王なら血統として申し分あるまい」

　飛牙は俄に混乱した。確か三代王が駕国の姫を王后としていたことを思い出す。駕国とも初期の頃はそうした交流があったらしい。

「俺……あんたの子孫なのか」

直系ではなくとも、〈血〉という観点でいうならそうなる。

「そういうことだ。そなたも知っておろう。王の子というより始祖王の血を引くものであることがもっとも必要な玉座の条件なのだ。そなたと王后の子であれば、血統的に充分といえる。この世はそれほど他人だらけというわけでもない。遡れば、多くはどこかで血がつながっている。得に王族というものは広く繋がりを求めるものだ」

始祖王の血という太い幹があれど、確かに歴代の〈母〉や〈胤（たね）〉の血があって王家というものは続いてきた。

「あんたの子孫だとしても関係ない。俺は甜湘の夫だ。王后は蒼波王の妻だ」

他人の女房に手を出したことがないとは言わないが、強制されるのはまっぴらだった。

「なにゆえ拒む。そなたの子が天下四国を統一する覇者になるのは悪くない話だ」

「自分が何者かもわからなくなっている女を抱いて子供を作れだと。そこまで下衆（げす）じゃねえんだよ」

「燕国では種馬であったのだろう」

「今は夫婦だ」

出会いはなんであれ、甜湘を愛（いと）しく思う気持ちに嘘（うそ）はない。

「姫君は子を孕んでいるそうだ。そなたならすぐにも王后を孕ませられるだろう」

飛牙は絶句した。

(甜湘が身籠もっている?)

身に覚えはあるが、考えてもいなかっただけに驚いた。

「実に優秀な胤だ。是非とも駕国にも子宝を授けてほしいものだ」

「うるせえ、尚更断る」

死ねない理由がもう一つ増えた。こんなところで怪物にいいようにされている場合ではない。

「名目上は蒼波王の子だ。気にすることはあるまい。王族同士の相互扶助のようなもの」

この男のことだ。今後の展開で必要とあらば、寿白の子であることを利用するだろう。そのうえで、徐国を支配する正統性まで主張しかねない。そして燕国の子も寿白の子だ。寿白の血が四国統一の大義名分になりかねない。

「嫌なこった」

「裏雲も我が手に堕ちる。あれとともに生きたいと思わぬか」

「あいつがおまえの言いなりになんかなるかよ」

白濁した老人の目に憐れみが滲む。

「黒い翼は闇の者の印。一度染まれば戻ることはない。現にあの男は私の申し出を一度もきっぱり断らなかったぞ」

挑発には乗らない。飛牙はぐっと唇を嚙んだ。

「……出て行け。王后を連れて帰れ」

「おなごに恥をかかせるものではない。王后はその気でおる」

宰相がぽんと王后の肩を叩くと、突然王后が着物を脱ぎ始めた。

「では、ごゆっくり」

裸になろうとする女を置いて、宰相は部屋を出て行った。

「くそっ——服を着ろ、こら、やめろって」

飛牙が止めるのも聞かず、王后は全裸になると寝台へ向かった。裸のまま横になる。部屋に来る前からそのように術をかけられていたのだ。

「……なんて奴だ」

飛牙は頭を抱えた。

とにかく、王后が風邪をひかないよう、寝具をかけ直す。魂を抜かれたその美貌を直視できず、寝台から離れ膝を抱えた。

「なんでこんな酷いことができるんだよ」

才覚だけではなく人格までも認められたから、天から始祖王に任命されたのではないのか。汀海鳴はこの寒い国で骨の髄まで凍り付いてしまったのか。

よその国の王后を寝取るつもりはない。こんなところで間男など冗談ではなかった。

（早いとこ、逃げ出さないと）

この状況では指一本触れていないと言っても信用されないだろう。燕も姫や胤たちに随分ひどいことをしていたが、これはもう正気じゃない。王后を助けてやりたいが、どうすればいいのか。

飛牙は頭を抱え、ない知恵を絞ることにした。

次の夜も、またその次の夜も。

王后はやってきた。やることをやらないうちは毎晩通わせるつもりだろうか。

寝床を明け渡し、床で寝る。なんといっても裸の女が部屋にいるのだから、さすがに落ち着かない。

（おかげで寝不足だ）

奴はどこかで見ているのかもしれない。または暗魅を見張りにおいているのかもしれない。いずれにせよ、王后を抱く気はなかった。

夜、部屋の隅で横になっているとすすり泣く声が聞こえてきた。心を奪われたはずの女が泣いているのだ。

「……辛いのか」

飛牙は寝台に近づいた。

「陛下……」

閉じられた目蓋から涙を流し、夫を呼んでいた。

海鳴は彼女にはなんの悩みもないと言っていたが、そんなのは嘘っぱちだった。どんな悪しき術をかけられても王后の悲しみは消えていない。こうして愛しい男を求めている。どれほど苦しい歳月だっただろうか。

魔物のごとき男に国を支配され、夫を壊され、戦を止めることもできない。ついにはこうして別の男の子を孕むことを強要されている。

「陛下……翠琳……」

消え入りそうな声で誰かの名を呼ぶ。捕まった侍女の名だろうか。まだ処刑はされていないと聞いているが、救う術もなく獄につながれているのだろう。

(くそったれ)

飛牙は王后の手を握った。

「必ず助ける。始祖王だかなんだか知らねえが、絶対許さない。だから、泣くな」

ただここから逃げ出すだけでは駄目だ。汀海鳴をこの世から葬り去る。何が始祖王だ。この哀しい女を救うにはそれしかない。

四

若き術師、汀海鳴は幼い子供の亡骸を見つけた。

その体はいくつかに分かれ、鴉についばまれていた。

そんな光景が村一帯に広がっている。戦につぐ戦に、作物は踏みにじられ、人は腐った肉片として土に還っていく。

この地は滅ぶのだ。殺し合って、奪い合って。

若き術師は空に向かって祈った。

すでに国と呼べるものがなくなって数十年。我こそは王と豪語する者はいる。盗賊の首領に亡国の末裔を名乗る者。あらゆる有象無象が王国の成立を宣言するが、半年ももたず殺される。中には真に志のあった者もいただろう。人々を救いたいと立ち上がった者もいたはずだ。だが、力なき者は淘汰される。

見よ、この荒野を。行けども行けども屍と廃墟ばかりだ。作物を奪われ、子を産めど育てられない。民は木の皮や泥を口にしている。結局は飢えて死に、飢骨となって怨嗟を叫ぶ。

どうすればこの地を平定できるのか。

汀海鳴は懊悩した。天下無類の術師とまで称賛されたが、大山脈に囲まれた大地はあまりに広く、術などでは戦乱を止めることはできない。

その土地を歩き、傷ついた人々を癒やし、どうすれば救えるのかを探ってきた。

あるとき、妙に調子のいい男と出会った。

剣の腕前もたいしたもので、海鳴とは違う術を使っていた。鳥を操り、獣を手懐ける。無数の蝶を舞わせることもできた。

海鳴も操れる暗魅がいたが、手近な生き物を使えるという点において、その男の術のほうが実用性があった。

名を蔡仲均といった。

以後、しばらく仲均と行動を共にした。この頃から、優れた者が集まればこの地を救う解決の道が見えてくるのではないかと考えるようになった。

適当な性格で腹立たしいこともあったが、仲均との旅は楽しかった。

またあるとき、驚くべき武人と出会った。

槍を持たせれば剛力無双。一閃で数人をなぎ倒す。義理に厚く、道理を知り、我が槍は人を生かすためにあると言い切った。

武人の名は曹永道という。その志は海鳴、仲均と同じところにあり、旅に加わることになった。

三人は進み続けた。盗賊を追い払って村を助け、この地を建て直す方法を語り合ったその間にも術や技を磨き、天の傘下を見て回った。

時代は英雄を求めていた。

〈誰かおらぬのか〉

〈この地を救ってくれる者は〉

〈天よ、偉大なる王をくだされ〉

皆、疲れ切っていたのだ。

地上には圧倒的統率力で平定をもたらす英雄が必要だった。

さらにあるとき、天の声を聞く女と出会った。

(こんな胡散臭(うさんくさ)い女まで現れるとは世も末だ)

最初はそう思ったものだ。

だが、灰歌(はいか)と名乗ったその女は本物だった。

『天は命じた。この地を四つとせよ、と』

女はそう言った。天は灰歌と交信したのだ。

海鳴には天の意図が理解できた。これほど乱れ、国と呼べるものすらなくなった現状で一つにまとめるのは無理なことだ。

四つならばなんとかなる。互いに侵さぬことを誓い、それぞれに精進していけば天下は安定した四国となって復興していく。

『曹永道は東を、灰歌は西を、蔡仲均は南を、そして汀海鳴は北を治めよ。王となれ。これよりはこの地を天下四国とする』

灰歌は天を仰いで宣言した。その声は人のものとも思えず、歌うように広く山河に響いた。雲間から光が溢れ、地上をあまねく照らす。それは紛れもなく天の祝福であった。何故なら天令が玉を携え降りてきたのだから。

以後、四人の戦いが始まった。

それぞれの国の王となる。互いの自主独立を尊重し、決して他国を侵さない。切磋琢磨し、天を支える四本の脚となるのだ。

天下元年――四人はそれぞれの国で玉座についたことを宣言した。茨の道ではあったが、皆決して諦めることはなかった。


思い出せば、胸が痛む。

昼も夜も理想を語り合った。国を憂い、民の安寧を祈った。なんという熱い日々だったことか。

枯れた体を横たえる。

長いこと使ったが、だからといって寿命が延びるわけでもなく、普通に病気にもなる。人の体は柔で困る。

（……柔だったのは私か）

一番若かった王が最初に死ぬとは誰も思わなかっただろう。死を悼む手紙が三人の王から届けられたものだ。彼らもまさか本人が読むとは思わなかっただろうが。思えば彼らと過ごしたあの頃がもっとも輝いていた。

王になってしまうと、どんなに国を良くしたいと思っても邪魔ばかり入った。些細なことをあげつらい、大局を見ることができない愚か者ばかり。凍てつく大地に育つ作物を見つけ、冬を越すための薪を確保する。薪のために木を切った山には植樹をしなければならない。賊が出れば兵を送り、一つ一つ法を整備する。人に任せておけず、なんでも懸命に考えた。寝る間も惜しむとはあのことだ。

他の三人の国に負けるわけにはいかなかった。この過酷な大地を任されたのは汀海鳴だからだ。

精も根も尽き果てるまで王国の安定のために戦い、幼子を残して北の始祖王は死んだ。無念で済ますことはできなかった。

「閣下、お薬です」

楊近が衝立の向こうから声をかけてきた。

「入れ」

入ってきた楊近は盆の上に水や薬を載せていた。もはやこういう仕事は楊近にしか任せられない。他の者が用意した薬や食事は絶対にとらなかった。楊近には毒味もしてもらっている。

「もう少し休まれたほうがよろしいのでは。これではお体がもちませぬ」

「今が大事なときなのだ。この干からびた体を少しでももたせる。なに、ちょうどよい代わりはいる。良い時期を待っているだけだ」

海鳴は薬を飲むと立ち上がった。

北部鉱山で起こった惨事が氷骨によるものということがはっきりした以上、念のため対策を取らねばならない。

氷骨は厄介な魄奇だ。飢骨と違い、見るからに骨というわけではない。極寒の地では遺体も腐らず、そのまま凍結することが多いからだろう。

実際、北の死者はすべて雪に埋められる。薪も炭も貴重で、火葬などという手間はかけられない。王都直轄領になっている北部は夏でも雪が溶けることはないのだ。

奴らは人を喰わない。攻撃もしない。だが、氷骨は恐ろしい冷気をまとってやってくる。数が多ければ多いほど、その寒さは尋常ではなくなる。触れられれば一瞬にして人は凍死する。そしてその死者もまた隊に加わる。

彼らの歩みは遅く、南を目指しても王都に近づく前に春になるため、未曾有の被害が出ることはまずない。だが、氷骨は駕国にとって絶望の象徴だった。開拓途上の村は何度も壊滅させられ、罪人を送り込む以外、北を開発する手立てがなかった。

北には資源がある。世界を変えるほどの資源だ。草水(くそうず)といい、雪の大地の奥深くに眠る大量の油だ。地面を掘る技術が進んで安定して手に入れることができれば、どれほど豊かな国になることか。

呪術とともに技術の発展に力を注いできたのはそれが目当てだった。だが、まだまだそこには至らない。極寒の地はあまりに厳しく、開発を拒む。

氷骨を止めることは海鳴の術をもってしても難しい。彼らはただただ寒さから逃げているのだから、南へ向かうという絶対の法則だけは曲げない。数の力で押し潰してくる。

術兵を繰り出し、王都だけは守るつもりだった。いざとなれば自ら出て行くつもりだが、何分体の具合も悪い。

今はまだ十二の月。氷骨はたいてい一の月から二の月にかけて発生する。下手をすれば春になる前に王都近郊まで接近するかもしれない。

(悩ましいことだ)

南へ。

それは氷骨だけの夢ではない。この国にとっても必要なことだ。南下しなければ、国が滅ぶ。たとえどれほど血が流れようとも、海鳴は諦める気はなかった。三百年来の悲願なのだから。

「寿白はどうだ」

「まだ手も触れていないようです」

「王后ほどの美姫(びき)が寝台で待っているというのに、野暮な男よの」

節操のない軽薄な男だと思っていたが、なかなかしぶとい。

「どうなさいますか」

「取引してみるか。燕への侵攻はやめ、越に切り替えてもいい」

燕の姫が我が子を身籠もっているのだ。寿白も燕を攻撃されたくはないだろう。

「しかし、武力は越のほうが上です」

確かに越は腐っても武人の国。屍蛾(しが)の大襲来に加え翼竜の襲撃。越は大きな被害を受けるはずだったというのに、まさか死に損ないの寿白がそれを救うとは思ってもみなかった。なかなか予定どおりにはいかないものだ。戦えばこちらの被害も甚大なものとなるだろう。

「越の豊かな穀倉地帯は魅力だ。それに越が落ちれば、燕などなすすべもなく恭順の意を示すだろう」

「寿白殿下にとって越の正王后は大叔母、王太子は義兄弟ですが」

「どちらかを選べと言われれば、妻子を選ぶ」

あれでなかなか愛妻家のようだ。

「私は寿白殿下を始末するべきだと思います」

楊近はあの男に生かしてはおけない不気味なものを感じるらしい。言わんとすることはわかる。なにしろあれは人はおろか天令までも味方に引き込んでいる。それに獣心掌握術の使い手。

「種馬以外にも使い道があるのだ」

人が私を怪物と呼ぼうとも、前に進むだけだ。天が不干渉を貫くというのならいっそ好都合というもの。

かつては国を四つに分けるのが最適だったのだろう。だが、今は違う。一つになるときだ。駕国だけが不利益を被って（こうむって）いてよいはずがない。

寒さに震え続けた民を温めてみせる。

作物が実る大地を与えてやる。

なんとしても南へ。

（私もまた氷骨なのだ）

鏡に映った姿は老人ではなかった。

そこには国が始まったときから凍りついている哀しい青年がいた。整った顔立ちと薄い目の色は冷たく見えていたようだが、そうではない。

どうしようもなく弱くて、駄目な男だった。死は受け入れるしかない。諦めるということには勇気がいる。その勇気を持てなかった愚か者だ。

それでもここまで続けてしまった。

もはややめるわけにはいかない。辛酸を舐めてきた民に報い、駕国を豊かにしなければならない。

とうの昔に死んだ三人の友ならなんと言うだろうか。

この無様な姿を。穢れた魂を。

比類なき知将と謳われた汀海鳴を国に取り憑く悪霊と罵るだろうか。

だが、叱ってくれる者はもういない。無になったか、天から私を冷たく見下ろしているのかもしれない。

「……負けるものか」

続けた以上は勝たなければならない。

第五章 凍える王

一

勝ち負けとかどうでもいい。

まずは逃げるしかない。ここを出て、那兪と裏雲に合流して知恵を出し合うべきだと飛牙は考えた。

寝具の一枚を歯で切り裂き、一階に届く長さまでの縄にした。まずこの様子も向こうに伝わると思っていい。のぞき穴は探した限り見つからなかったが、おそらく天井の隅に張り付いている派手な色の蜘蛛は使役されている暗魅だろう。この季節にそうそう動ける蜘蛛などいない。おそらく王后の部屋にも配置していたのだろう。文通など簡単に露見するわけだ。

それなら裏を掻く。

こうして逃げる準備をしているところを見せてやるのだ。縄は三本作っておく。窓の外は良い具合に吹雪いていた。これなら雪についた足跡も短時間でわからなくなる。

寒さに耐えうるような毛布で、上から被る形の防寒具を作る。暖炉の火で穴を空ければ、首がすっぽり通る。あとは腰に二本の縄を巻いた。

腕は鎖でつながっており、肩幅ほどしか広げられない。これでよじ登るのは至難の業だろう。勝負どころは日没から王后が連れてこられるまでの間だ。万が一にも王后を巻き込めない。

細工を終えた奇風絵札を袖に仕込んだ。

見張りの蜘蛛はまだ動かない。日は暮れようとしている。歩哨が陰に回る、飛牙はそのときを待った。

「よしっ、降りて逃げるぞ」

蜘蛛に聞こえるようにしっかり声に出してから、一本の縄を寝台の柱にきつくくくりつけた。動かせない寝台だ。人を支えるには充分だった。

（蜘蛛が動いたな）

予想どおりだった。監視対象が逃げようとしていることを急ぎ報告に向かったのだろう。扉の下の隙間から廊下に出ていく。

飛牙はまず履物を脱ぎ、懐に入れた。指先に息を吹きかけると、窓枠に素足をかけた。縄を下に垂らす。外開きの窓枠に両足を乗せ、身を乗り出して位置を確認した。足と手の指を煉瓦(れんが)の隙間に潜らせ登っていく。吹雪に煽(あお)られそうになるが、なんとか堪えた。このぐらいの天候の方が見つかりにくい。向こうは下に降りたと思う筈(はず)だ。指が千切れそうだった。それでも屋上まで登りきった。そろそろ兵が捜索を始める頃だろうか。

「……凍りつきそうだ」

立っているのもきつかったが、飛牙はすぐに階下への扉に向かった。

「くそったれ」

内側から鍵がかけられている。前回の騒動を教訓に上からの侵入にも備えたらしい。こうなればどこかの窓を蹴破って侵入するしかない。

（急がねえと凍え死んじまう）

鉄格子のない、目立たない窓を探すことにする。

屋上を走り、緩やかな屋根をつたい、反対側へ向かう。滑って足をとられそうになるが、そこは気合で踏ん張った。

「もうもたない……どこからか中に入らないと」

腰縄にしていた縄を一本外し、煙突に引っかけた。

（一か八か……！）

縄をつたい下へ降りていくと、窓を蹴破る体勢を整えた。その勢いのまま飛び込むつもりだった。

が、そのとき窓が開けられた。

思いがけず、室内の男と目が合う。飛牙はもちろん向こうはそれ以上に驚いていた。窓の外に怪しげな男がぶら下がっているのだから当然だろう。

悲鳴を上げられるかと思ったら、男は咄嗟に手を差し伸べた。

「寿白殿下ですね、こちらへ」

疑う余裕もなかった。その手をしっかりと掴む。そのままぐいと室内に引っ張り込まれた。

「助かった……のか」

倒れ込んだ飛牙を後目に、男はまず風雪の吹き込む窓を閉めた。

「……この部屋は？」

広い豪華な部屋だった。調度品も壁も違う。

「ここは国王陛下の間でございます。私は陛下の世話係で皓切と申します」

飛牙は床に倒れたまま振り返った。

「蒼波王の……」

「はい、寿白殿下が逃げたことはもう騒ぎになっています。兵は外に逃げたと思い、追っていきましたが……まさか、まだ城内に」

皓切が毛布を持ってきて、震える飛牙の肩にかけた。

「城壁を乗り越えられる自信がなかったんだよ、これだし」

じゃらりと鳴る手鎖を見せた。さらに鳥に縄を引っかけてもらわないことには壁を越えることはできない。ご丁寧に天令にも運ぶことができない呪文が刻まれた手鎖だ。

「なんと。これで切れないでしょうか」

皓切は薪の上に置かれた鉈を持って来た。

「分厚い鉄だぞ。それに音が凄そうだ」

駄目で元々で試すにも時間もない。

「いっそここに隠れていて、機会を窺うのは？」

「駄目だ。それで見つかったら、あんたの首が飛ぶ。兵の装備でも奪って、追っ手に紛れて逃げるつもりだったんだよ」

「では上に羽織るものを用意しましょう。官吏に支給されているものがありますから、少しお待ちを」

さすがに王様付の官吏ともなると融通が利く。無駄な質問をせずてきぱきと動いてくれる。

（だが、巻き込めば王后側と同じ目に遭わせちまう）

翠琳とかいう王后の侍女は捕まったと聞いたが、果たしてどうなったのか。もしかしたらすでに処刑されたかもしれない。周辺に罰がいくことで身動きができなくなるのは子供の頃から経験している。これがまた恐ろしいのだ。そんなことになってほしくないのに、命すら奪ってしまう。それだけは避けたかった。

飛牙はなんとか立ち上がると、暖炉の火に手をかざした。すぐに懐から履物を取り出して履く。少し足先が凍傷になっているようだ。

「……誰？」

奥の方から弱々しい男の声がした。衝立一枚でこちらと遮られている。

「騒がせて悪いな」

飛牙は衝立から顔を覗かせた。光沢のある黒檀の寝台に一人の若い男が腰かけていた。これが蒼波王らしい。

「あなたは……」

「それは知らなくていい。しっかりしな。嫁さんが酷い目に遭っているぞ。あんたが助けなくてどうするんだ」

「嫁……」

「あんたの妻だろ。泣かせるなよ」

焦点の合わない目で男は首を傾げた。十年も心を奪われていたら、何を言われても
わからないだろう。

「……妻」

王は最後にその言葉を噛みしめるように呟き、寝台に横になった。

「これをどうぞ。外回りの者が着る外套です。皆、同じものですから夜闇に紛れてし
まえば街に出られるかと」

皓切が灰色の外套を持ってきてくれた。

袖を通す必要がないので鎖に繋がれたままでも、上から羽織ることができる。

「他国の王族の方にこの仕打ち。申し訳ございません、どうか逃げ切ってください。

生憎武器は手に入らず、この鉈でよろしければ」

皓切に手渡された鉈を腰に差した。

「ありがとな。俺を助けたこと、ばれないようにしろよ」

飛牙は辺りを見回した。こういう状態の王の部屋には暗魅を監視に置いていないだ
ろう。代わりに別のものを見つけて小さく肯く。

「それでは廊下を見てきます」

皓切は扉を開け、左右を確認した。

「陛下から『追え、捕まえろ』という声が聞こえてきます。そのまま降りて何食わぬ顔で交ざるのがよろしいかと思います」

飛牙はもう一度礼を言うと、廊下に出た。外套を頭まですっぽりかぶる。

暗い廊下を小走りで進み、階下へ降りた。

「上にはおりません。やはり城外に逃げたのでは」

念のため上を探していましたとばかりに言っておく。

「そうだろうな、行くぞ」

促され、兵士たちと一緒に降りていった。

このままうまく兵士たちと街に出られればいいのだが。城内の者の中には飛牙の顔を知る者が何人かいる。

「他国から侵入して捕まっていた身分の高い間者なんだろ。やっぱり戦争になるってことなんだろうな」

兵は溜め息交じりに呟いた。事情を知らないこの国の者からすればそういうことになるだろう。他の三国は戦争する余裕も意欲もないが。

「術官吏が街中に散らばったようだ。すぐに捕まるだろうよ。あいつらは最強だからな」

「さようで。私も補佐に参ります」

なんとかなりそうだと思ったとき、外から楊近が入って来た。

(……まずいな)

顔は隠れている。堂々としていればばれるはずはない。飛牙はあえて避けることはせず、楊近とすれ違った。

「匂うな」

楊近は飛牙の肩を摑んだ。

「殿下、お戯れが過ぎますぞ」

何が問題だったのか、宰相の忠実な番犬にすぐさま見破られてしまった。飛牙は思い切り楊近の手を払うと、外へと駆け出す。こんなところで捕まれば次は足枷もつけられるだろう。

「あれだ、捕まえろ。殺してはならん」

楊近が叫ぶ。周りにいた兵が一斉に追いかけてきた。

(どんだけ鼻が利くんだよ)

飛牙は城壁に向かった。ちょうど上の見張り台への階段が開いていた。駆け上がると壁の上を走り抜ける。

槍を持ってかかってきた兵に鉈と尖らせた絵札で応戦し、雪の積もった下に落としていく。兵たちの松明と雪明かりだけが頼りだった。吹雪によろめく。高さがある分風が強い。縄をつたって下に降りれば、兵に待ち構えられそうだ。かといってこのままだとすぐにも挟み撃ちになる。

——目を閉じろ。

飛牙にしか聞こえない声がした。待ってましたと、目蓋をぎゅっと閉じる。

すぐそこで目映い光が放たれたようだ。目蓋を通しても一瞬にして白くなったのがわかる。その光に目をやられた兵たちがうめき声をあげて座りこんだようだ。

——奴もそこまで来ている。

「よし……っ」

飛牙は口の中に指を二本入れると、空に向かって思い切り口笛を吹いた。裏雲なら必ず見つけてくれる。

甲高い口笛に反応するように西の空から羽音が聞こえてきた。他の者には吹雪の音と区別がつかないだろう。黒い翼の男が城壁の上を滑空して近づいてきた。

「裏雲、ここだ」

思わず飛び上がって手を振った。王の部屋から外套に隠れていた青い蝶が役目を終えたとばかりに裏雲の下へ戻っていく。

黒い翼を広げ、裏雲は飛牙の体をしっかりと抱きしめると、止まることなく空へと上昇した。吹雪の中、人一人抱いて飛ぶのはかなり辛いのではないか。

「わりいな」

両手の手鎖を裏雲の首にすっぽりかけて、首っ玉にしがみつく。

「振り落とされるな」

裏雲は持っていた槍を片手で構える。力を込め、槍を斜め下へと投げつけた。

槍は庭に立ちつくしこちらを見上げていた老人の前に突き刺さった。当たらないとわかっていたのか、海鳴(かいめい)は微動だにしなかった。

「奴を狙ったのか」

「花の匂いがする」

裏雲にそう言われ、飛牙はやっと気付いた。

「え、俺？　あ、そうか。湯浴みのお湯に香りがついていたんだ。くそ、それで楊近にばれたのか。閨(ねや)のためだけのもんじゃなかったのかよ」

「……閨？」

問い返すその一言が怖かった。

「いや、何もしてない。そこは無実だから」

慌てて否定した。この状態で裏雲を怒らせたくない。

「この天候では話しにくい。あとだ」

あとでゆっくり追及するということらしい。こういうことになると裏雲は嫁より怖い。

――偵察に来たら、案の定その鎖だ。

裏雲の袖の中の那兪が語りかけてきた。

――光になって運べないなら、裏雲がやるしかない。そなたの部屋には監視がいたようなので、とりあえず王の部屋で待機していたら窓から入ってきた。

つまり今夜窓から裏雲が攫っていくつもりだったということだろう。

――だが、裏雲をあまり信じるな。

蝶の囁きにはっとする。この囁きは裏雲には聞こえないのだろう。那兪は今のうちに忠告してきたのだ。

『現にあの男は私の申し出を一度もきっぱり断らなかったぞ』

自信ありげな汀海鳴の言葉を思い出した。

海鳴に寝返る可能性がある。那兪もそう言いたいのかもしれない。それでも、飛牙は裏雲を信じたかった。この強風吹き付ける真っ黒な寒空の中を、包み込むように抱きかかえ飛んでくれている男を信じられないというなら、この世に信じられるものなどない。

二

暖房の充実した、良い宿を取った。

それでも寝具にくるまり、飛牙は震えていた。体の芯まで冷え切っていた。傍らには少年の姿の那兪がいて、暖炉の前に裏雲がいる。手鎖は那兪が調達してくれた鍵開けの道具を使い、無事に外していた。

王都北の郊外、凍りついてここまで来た。まずは宿で作ってもらった温かいスープを飲んで休むしかなかった。

「今夜は休め。そなたたちは人の端くれだ」

快復の早い天令とは出来が違うであろうと言いたいらしい。那兪は寝台に腰をおろし、じっと目を閉じた。

「そうさせてもらう。駕国の寒さは飛行には適さない」

裏雲は暖炉の前で横になった。

久しぶりに三人でいられることに飛牙は安堵していた。いつの間にか猫の他に蜥蜴の暗魅まで増えていたが、きっと美女に変身してくれるのだろう。

猫に温められながら静かに眠りについた。

どれほど眠ったのか、飛牙は夢を見ていた。

ぼんやりと寝台の上で体を起こしている。目の前に男が浮いていた。冷たい目をした若い色男だというのに、それが汀海鳴であることがわかる。

『無茶をするものだ』

若き日の駕国始祖王は宙に浮いたまま、憐れむようにこちらを見下ろしていた。こんな淋しい顔をした男を見たことがない。

「俺を檻に閉じ込めておくのは無理だってことだ」

『逃げられる余地を残してやったのだ。殿下の力が見たくてな。さすが徐国を再興しただけのことはある。もっとも、あれは庚王の質が悪すぎたのであろうな。よもやあそこまで愚かだとは思わなんだ』

まるで庚王を知っているかのように言う。

「逃げられてから虚勢張ってるんじゃやねえ」

『すべては私の手の内にある。握りつぶすのも容易い。そなたを助けた王の世話係の皓切とかいう男の首を見せてやろうか』

飛牙は目を見開いた。

「なんだと」

『泣きわめいて抵抗するものだから、楊近も首を刎ねるのに手を焼いておったわ。罪深いことだ。助けてくれた者、関わる者をすべて死なせていく』

飛牙の唇が震える。声が出なかった。

『悲しいか、辛いか。だったらそんな人生はやめてしまったらどうだ。殿下にふさわしい生き方がある。例えば裏雲の肉体になってやるとかな。幸いわずかとはいえ血縁もある。身も心も一つになれるとも』

呼吸が荒くなった。始祖王が何を言っているのかわからない。

『殿下が是と言えばそれで済む。あれほどまで尽くしてくれた友を助けたくはないか。一つになって命尽きるまで一緒にいられる。裏雲に申し出よ。裏雲とて喜ぶであろう。あれは良い男だ。一度くらい友にすべてを捧げてみよ』

裏雲がこの体に入るということか。そうすれば黒い翼は捨てた体とともに朽ちるということらしい。

「……器になったら俺はどうなる」

『やがて同化していくであろうな。一つになるとはそういうこと。裏雲にとっては願ってもない話であろう。愛しい殿下と一つになるのだからな』

飛牙は首を振った。

「あいつはそんなこと望まない」

『言えないだろうが、望んでいる。殿下と忠臣では思っても言えないだろうからな。

叶えてやらぬのか。永遠につくしてもらうだけか』

夢なのか幻影なのか、飛牙は捕まえようと手を伸ばした。

「いい加減黙っておけよ。てめえみたいな怪物に俺たちの何がわかる」

『私は人だ。だから苦しんだ。この国を護りたかっただけだ。平定しない極寒の国と幼子を残して死んだ私の想いもわかるまい』

「それならなんで三百年も残っているんだよ。幼子とやらは十年二十年もすれば立派な大人だっただろ。成長した子や孫に任せればよかったろ」

『この凍えた国を見よ。安心できたことなど一度もなかった。あと少し、あと少しだけ。それが三百年だ。鴦国を護るために存在し続けなければならなかった。天は何故こんな地を私に預けたのか』

若き始祖王は切々と訴える。

「いかれた過保護だ。どんなに無念でも後の世代に預けていかなきゃならないものだろ」

『忌々しや……疫病神が。私の計画を潰していく。あの無能な庚王がそなたを殺せなかったばかりに』

恨み節を言い残し、汀海鳴は消えた。

「待て、てめえ」

叫びながら立ち上がろうとして、飛牙はよろめいた。

(どういうことだ。あの男は何が言いたかった？)

語っているうちに海鳴も感情的になっていたようだ。確かにあれはまだ人だ。

(……俺はどうすればいい)

暖炉の前で横になっている裏雲に目をやった。黒い翼の宿命から逃れられる方法を伝えられたのだ。

「ん……」

裏雲はゆっくりと目を開き、顔を上げた。

「どうした、何かあったのか」

「若い汀海鳴を見た……夢か術かわからないけれど」

裏雲は立ち上がると、有無を言わさず飛牙の着物の前を開き調べ始めた。裾に黒い染みを見つけ、吐息を漏らす。

「血だ。殿下と話すための細工をしていたようだな。逃げられるのは想定内ということだ」

同じ術を裏雲もしたことがあった。

「そうか……あれは現実か」

「何を言われた？」

「蒼波王の世話係をしていた官吏を殺したと……俺を逃がしてくれたからだ」

吐きそうになってくる。あの逃げ回っていた少年時代の記憶が生々しく浮かび上がってきた。

〈陛下を守れ〉

〈この首で寿白様を守れるなら〉

〈すべては陛下の御為に〉

飛牙は頭を押さえてうずくまった。誰が言ったのか、その声も表情もすべて覚えている。何もできない子供のためにいったい何人死んだのか。

「彼は殿下を苦しめるすべを心得ているようだ」

「始祖王が人の体を渡り歩いて生きながらえているんだな」

「そういうことらしい。そんなことができるのは天下随一の術師汀海鳴だけだ」

飛牙にもようやくわかってきた。あの男は裏雲を助けるために器になれと言ってきたのだ。

「他に何を言った？」

「三百年存在し、統治を続けたのは駕国を護るためだとさ」

「なるほど、他には」

裏雲を救う方法を提示されたとは言えなかった。

「……詰（なじ）られただけだ。俺を惑わそうとしているんだろ。捕まったときは駕国の王后を孕（はら）ませろとも言われたし」

「それで香りのついた湯浴みか。王后が産んだ子は王の子に決まっている。ちょうどいい種馬だな、実績もある」

言い返す気にもなれない。

「趙（ちょう）家は古くからの名門だった。令嬢が王后になったことがあったそうだな」

「それは聞いたことがある。第九代徐王の後宮に入り、王太子を産んだそうだ。その子が十代王だ。だが、何故今そんなことを言う？」

海鳴が言った〈血縁〉とはこのことだろう。

「……那兪はどこだ」

「調べたいことがあるからと出ていった。あの天令もいろいろと思うところがあるようだな。殿下、天令は天に属するものだ。命令があれば簡単に敵にもなる。覚えておけ」

裏雲はあまり天令を信じすぎるなと言いたいのだろう。那兪は那兪で裏雲をあまり信じるなと言っていた。

「俺が下で寝る。裏雲は寝台で寝てくれ」

「そんなことはできない」

「俺につくすな」

吐き捨てるように言ってしまった。寝具をひっつかむと飛牙は暖炉の前に転がる。

(信じるってのは願望の押しつけなんだろうな)

信じるなと忠告する二人に自分は重荷になっていないだろうか。

翌日には念のため、宿を移ることにした。

寒いというのは厄介なものだと飛牙はつくづく思う。徐国なら年中そのへんに転がっていても死にはしなかった。

駕国には問題が多いのだろう。悪い意味で独裁色がもっとも強い国だ。それでもこの寒さでは内戦など起きたところで、戦死者の内訳は半分以上が凍死になりかねない。

民は自制して、国はゆるやかに自殺する。

もちろん、これは駕国にたいしてだけの皮肉ではない。他の三国も同じだ。緩めても押さえつけても国は悪くなる。王というのは結局殺さない程度に民を抑圧するしかないのだ。

「……めんどくせえよなあ」

つい口に出していた。

「何が面倒なのだ。間男となるような者は無駄にマメなのではないのか」

戻ってきた那俞が呆れていた。無意識に間男という単語が出たことに少し驚く。

「なあ、ゆうべどこ行ってた？」

「堕ちた天令と宰相は面識があるのだろう。そなたから昨日聞いた。この国にいるのかもしれないと思い、気になって探してみた」

「宥韻の大災厄の天令か。見つかったか」

那俞は首を振った。堕ちかけた身としては気になる存在なのかもしれない。

「そういえば、城壁で俺を助けるとき光ったけど、あれ大丈夫か」

「よくない干渉だ。天からの評価はまた落ちただろう」

あっさり答える。今までと違い、悲観してはいないようだった。とはいえ、飛牙としてはやはり申し訳なく、なんと言っていいものやら言葉に詰まる。

「日が暮れる。どこかで食事にしよう」

懐の猫を撫でながら裏雲が提案した。ちなみに蜥蜴は飛牙の袖に入っている。主人である裏雲の懐は先輩に譲ったといったところか。

「じゃ、あそこでいいか」

飲み食いする場所は噂話も聞こえてくる。裏雲もそのつもりだろう。店内はけっ

講談社の新刊

ISBN：978-4-06-519474-4　定価：本体1300円（税別）

届け、物語の力。

あらすじ

高校二年生の越前亨(えちぜんとおる)は母と二人暮らし。父親が遺した本を一冊ずつ読み進めている。亨は、売れない作家で、最後まで家族に迷惑をかけながら死んだ父親のある言葉に、ずっと囚われている。

図書委員になった彼は、後輩の小崎優子(こさきゆうこ)と出会う。彼女は毎日、屋上でクラゲ乞いをしている。雨乞いのように両手を広げて空を仰いで、「クラゲよ、降ってこい！」と叫ぶ、いわゆる、“不思議ちゃん”だ。

クラゲを呼ぼうと奮闘する彼女を冷めた目で見ながら亨は日常をこなす。

八月のある日、亨は小崎が泣いているところを見かける。そしてその日の真夜中――街にクラゲが降った。

物語には夏目漱石から、伊坂幸太郎、朝井リョウ、
森見登美彦、宮沢賢治、湊かなえ、村上春樹と、
様々な小説のタイトルが登場します。
この理不尽な世界に対抗しようとする若い彼ら、彼女ら、
そしてかつての私たちの物語です。

こう賑わっていた。兵士らしき者たちもいたが、追っ手というわけでもなさそうなので、あえて近くに座る。

「で、北部はどうなっているんだ」

さっそく二人の兵士の話が聞こえてきた。

「アレが出たんだよ、アレが」

「随分早いじゃないか、そりゃまずいぞ」

「だから鉱山から脱走する奴らが増えているんだよ。そいつらが近隣の村を襲ったりで」

「そんなところに飛ばされたくないな。生きて帰ってこられない」

兵士たちの会話は溜め息とともに終わり、支払いを済ませ店を出て行った。

「那兪、頼んでもいいか」

北の様子を見に行ってくれという意味だった。それができるのは天令しかいない。

裏雲では凍りついてしまう。

「……まあ、いいだろう」

少年は立ち上がると出て行った。目立たないところに移動してから光になってひとっ飛びだろう。

「氷骨の軍勢が気になるか」

「裏雲は気にならないのか。都に来るかもしれないんだぞ」

越を襲った屍蛾にはまだ個人でも対策を立てられたが、氷骨にはそれも難しい。

「王都が壊滅すれば宰相の野望も潰え、三国は護られる」

「馬鹿言うな。俺は王后に助けるって言ったんだよ。美人とおまえとの約束は守る」

口に出して自分を奮い立たせないことには萎えてくる。その程度にはゆうべ海鳴に言われたことを気にしていた。

「安請け合いは自分の首を絞めるぞ」

「口に出したらやるしかないだろ」

運ばれてきた料理を口にする。温かくて美味い。凍りついて死んだ者たちもどれほど温かさに焦がれていただろうか。飢えて死んだから飢骨になる。凍えて死んだから温もりを求める。魄奇はその想いだけで動いている。あまりにも憐れだ。

「しかし、気付いているのではないか」

「何をだ」

「あの天令だ。奪われた記憶が戻ってきている」

そうだな、と飛牙は肯いた。

間男なんて言葉が出るのだから、かなり思い出しているのだろう。本人がどこまで自覚しているかはわからない。

「いいのか。記憶と引き換えに天に許された筈だ。なにやら思うところはありそうだが」

「思い出しちまったものは仕方ないさ」

那俞のせいではない。それで文句をつけるなら、天なんかくそくらえだ。

「殿下が氷骨をなんとかしたいというなら、対策を練らねばなるまい。見ろ、これは駕国の地図だ」

裏雲が卓に地図を広げた。

「ここが王都でその北に街が二つほどある。本来、氷骨は街までは達せず春を迎える。しかし、今回は氷骨の発生が格段に早かった。数によっては都にまで押し寄せてくるかもしれない」

地図の街を指さし、裏雲は説明する。

「何故王都に来るんだ。西か東に逸れないのか」

「人が多いということは熱も多いということだ。氷骨はそこを目指す。街や王都が一斉に暖房を我慢すれば逸れるかもしれない。しかし、それでは氷骨以前に凍死者が続出だろう。奴らは動きこそ遅いが休まない」

「宰相はどういう対策を取るつもりなんだ？　奴なら術で撃退できないか」

「術も体力を使うものだ。彼の体は弱っている。それもあって燕への侵攻を急いで企てている。私と殿下、駒は揃っている。氷骨などに余力を割きたくないのではないか」

将来の片腕とその器。そのつもりで呼び寄せたなら、戦を急いでいるのだろう。

「那兪が戻ってくれば氷骨の数や現在の場所もはっきりする。宰相も偵察はさせていただろうが、早い襲来は予想外の出来事だったわけだ。氷骨は迂闊に近寄れないんだろ。どうやって阻止するんだ」

「推測に過ぎないが、北にある街で食い止めるのではないかな。街の住人を多少見殺しにしてでもそこで止める」

他国のこととはいえ、頭に血が上ってくる。

「そうやって徐は滅んだんだよ」

「だが、愚かな王子が継ぐより優れた王が何百年でも統治する。悪いやり方ではない。理にかなっている」

「だったら天が支配すればいいじゃねえか。人に任せたかったんだろ。高みに立っていつまでも生き続ける奴はもう人じゃないんだよ。人にとっちゃ永遠ってのは悪夢なんだ。海鳴もまだ心が残っているから苦しんでいる」

ゆうべ現れた幻は、ねじれた歳月を生きることの恐ろしさを思い知らせてきた。あれが正しいはずがない。

「正論だ。だが、殿下……執着もまた愛情。私はあの男に共感するところがある」

心からそう言う裏雲に、飛牙は不安を覚えた。

三

器が死んだとき、他に移らなければただの霊魂ということになる。転生外法は器あっての術なのだ。

これほど道を外れた者が行き着く先はどこなのか海鳴でも知らない。だが、罪を一人で背負う覚悟でこの道を選んだ。

乗り移ったとき柳簡は四十を少し超えたばかりであった。働き盛りだった体はもはや死を待つばかり。

器にすると言ったとき、柳簡には妻も娘もいた。もちろん、できることなら拒否したかっただろう。

『始祖王陛下を拒むなどできるはずもございません。すべては祖国のため。お役立てくださいませ』

振り絞るようにそう答えた。

妻と娘は泣いていた。綺麗事を並べても生け贄だ。死より悪い。王族と一部臣下のみが知る真実。永遠に始祖王が治める王国。それはわかっていても受け入れがたい気持ちだけは抑えきれなかっただろう。柳簡の妻は三年後病死し、その翌年娘は嫁入りを拒み自害した。子を持たず死ぬことで、少しでも王族の血を減らしたかったのだ。自分の子や孫が始祖王の生け贄にならないように。

その悲劇を柳簡は頭の片隅で見ていた。

器本人はすぐに消えるわけではない。人格は部屋の片隅に巣を張る蜘蛛のようにじっとしている。そして絶望とともに消滅することになる。

今、この体に柳簡はいない。

子や孫や子孫たちを喰（く）らいつくしてでも、駕国を護ってきた。百の民より千の民を、千の民より万の民を。そうやって少数を切り捨ててでも護ってきたのだ。王族も例外ではない。我が子孫であればこそ、民よりも耐えなければならない。

その結果、直系の王族たちは減っていった。

子を産みたがらなかった。口にこそしなかったが、あれは始祖王への明確な拒絶だった。始祖王の道具ではないという声なき叫びだった。

直系がいなくなれば傍系に頼らざるを得ない。

寿白を利用することを思い立ったのもそのためだ。傍系といえども、徐国蔡仲均（さいちゅうきん）の直系。幼くして朱雀玉（すざくぎょく）を授けられるほどの王太子で、国を取り戻し弟に王位を譲った英雄。かりに寿白やその子が駕王になれば、後々徐国の王位継承も要求できる。燕に侵攻し併合を宣言、越に恭順させ、徐の王位を要求する。統一戦争といってもわずかな犠牲だ。これで天下四国は一つになり、駕国の民は凍えて死ぬこともない。

(我ながらなかなかの策だ)

なにしろ寿白にはしてやられている。だが、こんな使い道もあるのだ。

「閣下、失礼いたします」

楊近の声がした。

「早馬にて、氷骨の進行状況の報告がございました」

楊近が寝台に横たわる宰相に書状を渡した。ざっと内容を確かめ、宰相は顔をしかめた。

「死人どもめ、速いな。しかも、この数」

「どうなさいますか」

「到達直前に北の街に火をかけろ。採掘した草水を撒き火を放て」

草水は臭いが強く、無限の可能性を持つ資源だ。北の地にはかなりの量が埋蔵されていると思われるが、採掘は極めて難しく、貴重なものであった。

「住民はいかがなさいますか」

「作業をさせろ。その後であれば逃げるのは勝手だ」

「しかしそれでは逃げられるかどうか」

「巨大な炎を迂回すれば、その分南下は遅れる。王都の護りを優先せよ。ちっぽけな街など見捨ててよい。術兵を失うわけにはいかない」

一切の迷いもなく、冷淡に言い切った。

「御意。ところで洸郡の太府、劉数殿がおいでになりました。お会いになりますか」

「明日でよい」

もったいぶったわけではない。満足に体が動かなかった。無様なところを見せるわけにはいかないのだ。

「では、そのように。しかし、劉数殿はこたびの件、臆していらっしゃいます。受けてくださるかどうか」

「仕方あるまい。寿白に王后を懐妊させることは難しいようだ。だからこそ予備の胤が必要だ」

洸郡太府の劉数は王族の姫を祖母に持つ。始祖王の血を引く一人だ。海鳴は自らの血を絶やさないため、今まで多くの姫を名家に輿入れさせている。徐国では駕王の姫が後継者を産んだ。さらにその徐国の姫、瑞英が正王后になったことで越にも血を残すはずであったが、子は夭折して失敗した。

早い段階で海鳴は血を残す努力をしてきた。王族が消えかけている今、それが役に立つ。

「いえ、王后陛下のこともですが、劉数殿は閣下が自分を器にと考えていらっしゃるのではないかと恐れていると思われます」

「そっちか。くだらぬ。よほどのことがなければ太府ごときを器にする必要はない。器はすでに十年前から用意されている」

蒼波王だ。今までは宰相として支えている形をとってきたが、今回は戦に備え求心力が必要なだけに王そのものになる。そのために大事に大事に生かしておいた。自我を持たない以外は健康そのものだ。

「御意」

劉数は四十近いが他に手頃な胤はいなかった。ある程度の知性と能力、子供を作った実績、そしてそこそこの容姿は必要だ。他の者となるといかにも劣る。

「充分にもてなしておくといい。洸郡は燕国侵攻の要となる地だ。せいぜい働いてもらわねばならぬ」

そういった打ち合わせも必要だった。いずれ、全太府を呼び寄せなければならぬだろう。先制攻撃で一気に敵の戦意を削ぎ、越と徐にも駕には勝てないと思い知らせるのだ。

術師が火炎を放てば、乾いた気候の燕はよく燃えるだろう。特に春先は乾燥するもの。裏雲の器になった寿白を見れば名跡姫も降伏するしかないことを理解する。あちらこちらで縁を築いてきた英雄寿白が与える絶望感はひとしおというもの。

邪魔をしてくれた報いは倍にして返す。

海鳴は部屋の隅に立て掛けてある一本の槍を見つめた。寿白が逃げたとき、裏雲が投げつけてよこした槍だった。

（……来るか）

槍の持ち手には血がついていた。

裏雲は海鳴との交信手段を残していったのだ。それが何を意味しているか。

（呪術をかじった者ほど呪われやすい）

一度深淵を覗き込めば、もはや抗えないのだ。だからこそ、この国の術官吏は決して抗わない。あれこそが汀海鳴の子供だった。

『お休みでしたか』

寝台の傍らに裏雲の姿が浮かび上がった。

「相変わらずいい男ぶりだな」

『いえいえ、始祖王陛下の真のお姿には及びません』

軽く社交辞令を済ませ、互いに微笑み合う。

「その姿がなくなるのは惜しい」

『焼き尽くされる定めにございます』

「転生外法、そなたならできる」

『私にその力がありますかどうか。黒翼院の初代学長にも試されたのではありませんか』

「彼は天涯孤独で血縁者を見つけることができなかった。残念だが、これぱかりはな。この術法にはわずかでも血の繋がりが必要なのだ」

老人と幻が見つめ合う。

『血縁……ですか』

「覚悟を決めたか」

『殿下を器にと？』

「そなたの家系は徐庚の変で途絶えた。寿白の他に今わかる者といえば徐王亘筧くらいだが、そちらの方がよいか？」

困ったように少し考え込む。幼い亘筧王の方にも多少の愛着があるのだろう。

「そなたが一つになりたいのは寿白であろう」

『この体を失った先が殿下というのは、実に魅力的なお話です』

「そうであろう。器の意識は頭の片隅に残る。一つの体を共有するようなもの」

いずれ器の心は消え去るであろうが、そこは言わないでおく。

『共有ですか』

想像したのか、裏雲は楽しげに笑う。

「寿白の体は私がほしいくらいだ。だが、そなたに捧げよう」

寿白は天下四国の英雄的存在だ。これほど利用価値のある器があろうか。そして寿白の体を手元に置いておくためにも、裏雲が中に入るというのは悪くない。

『殿下の体を私にくださると』

「そのくらいせねば、そなたを迎えることはできまい」

まだ裏雲の心は決まっていない。したたかな男だ。

(私は誰も信用しない)

それでもできればこの男がほしい。

「ともに天下四国を統一しようぞ。その天にも類する力はたかが庚王一人殺したくらいで満足できるものではあるまい」

こうして話しているだけでも裏雲の迷いが手に取るようにわかる。この男は揺れているのだ。黒翼仙(こくよくせん)の気持ちを理解してやれるものなど他にはいない。正直なところ、海鳴もまた同じ時を刻める腹心がほしかった。楊近のような普通の人間ではいずれ死ぬ。長年の孤独に凍りついた心にも、誰かにすがりたい気持ちが残っていたようだ。

「我が下に来い。待っておるぞ」

他に選択肢などない。拒めば天に焼かれる。

『今日のところはこれで。近いうちにお会いするでしょう』

そう言い残し裏雲の幻影が消えたのを見て、海鳴は確信した。

あの男は自らの意志で必ずここにやってくると。

四

氷骨の軍勢は約二千。一里進むのに一刻ほど。

北部鉱山周辺からゆっくりと南下している。凍え死んだ彼らは昼夜休まず歩く。少しでも暖かい場所へと。熱がある、人の温もりがある、そんなところへ。

いっそ抱きしめてやることができたなら――那兪はそう思った。

氷骨には何も悪意はないのだ。なら助けられないものかと考えてしまう。天は手を出さないことを旨としているから、天令たる那兪も今まで情に流されないよう気をつかってきた。それでも失敗してしまう。

「こう寒いと子供も雪遊びなんてしないもんだな」

窓の外を眺めながら飛牙が呟いた。宿に閉じ籠もって三日が過ぎていた。考える以外やることもなく退屈なのだろう。

「徐でもたまに降ることあったけど、子供ら大はしゃぎだったな。裏雲と雪合戦したわ」

「思い出話もけっこうだが、背中の傷は大丈夫なのか」

那兪に心配され、飛牙は思わず吹き出した。

「何がおかしい」

「だっておまえこそいろいろ思い出しているじゃねえか。自分でも気付いているだろ」

那兪はぷいと顔を背けた。

「思い出したら悪いか」

「いいや、すげえ嬉しい。俺、天に勝った気分」

「私は戸惑っている……天が奪ったものを少しずつ取り戻してしまった」

堕天から許された条件が記憶の剝奪だというなら、天令として未来はない。これは天より飛牙を選んだということなのだろうか。

「思い出したのはおまえが悪いわけじゃないだろ。そもそも人の記憶を奪うだの、堕とすだの、何様だってんだ」

罰当たりなことを言う飛牙を叱る気にもなれなかった。巻き込まれ続けたろくでもない思い出だというのに、どうにも愛おしい。

「私は天令としては不良品なのかもしれない」

「たぶん那兪は珍しい成功例だと思うぞ」

那兪は笑った。

「慰めなくていい」

「かなり本気で言っている。だって間男を更生させたろ」

「そのへんの軽薄さはさほど更生しているようには見えないが」

手厳しく言っておいた。

「俺はこれで精一杯だよ。で、思思(しし)はどうしてる？」

「人間に捕まる失敗をした。今は謹慎中」

「天ってのは巨大な組織だと思えばいいんだろうな。そこには死んじまった偉い人たちも何人かいるんだろ」

答えを躊躇(ためら)っていると飛牙が手を伸ばし髪を触ってきた。

「いいさ、答えられないことは言わなくても。俺が勝手に喋(しゃべ)るから。なあ、天にはいるよな。ほら、あの人たちとか」

絶対にいると確信が持てる天の構成員が三人いるのだろう。飛牙もあえて名前はあげない。

「銀色の髪って綺麗(きれい)だよなあ。初めて見たときこの世にこんな綺麗なものがいるのかって思った。国が滅びかけていて逃げる直前じゃなかったら、もっと話したかったな」

銀色というより色がないのだ。天令は色を与えられていない。よく動く天の手足。

「なあ、宥韻の大災厄の天令になんで会いたいんだ？」

「堕ちた天令の先輩だ。知っておきたいことも多い。大災厄にだけはなりたくない。それは懸命に生きる人々を殺すことに他ならないのだから」

大災厄となれば、戦争どころの話ですらなくなる。ただすべてが滅ぶだけだ。

おそらく汀海鳴はそうなってもいいと思っているのだ。それはそれで彼の勝ち。

「まだ堕ちちゃいないだろ。災厄が起きるとわかっていて、そんな簡単に堕とすものか」

（天に堕とされるわけではないのかもしれない。あるいは……）

天令は子供の姿をしていても、この世を滅ぼす最後の兵器だ。もっとも目立つ銀色は降り止むことを知らない雷の雨だろう。そうなって初めて色を与えられる。

（飛牙と関われば関わるほど、そこに近づいてしまう）

那兪は恐ろしくてならなかった。

「おまえがそんなことになるなんて想像できねえよ。でも、俺も会いたい。その天令なら黒翼仙を生かす方法も知っているかもしれないよな。海鳴の術法じゃ、俺が裏雲の器になるしかないらしい」

　その話には那俞としては懐疑的だ。体を替えれば罪が追ってこないと言えるだろうか。天はそんなに甘くないのではないか。

「黒翼仙とは魂の問題だ。肉体を替えてなんとかなるかは怪しい」

「だよな。俺もそこが引っかかる。賭ける価値があるか。そのへんも堕ちた天令に訊いてみたいとこだが」

「向こうは誰にも会いたくはないと思う。死にはしないが、天令としての力を失っているかもしれない。同志でももう感知できないのだ」

「ふうん……どっちみち今は天令を探している余裕がない。まずは氷骨だよな」

　飛牙は駕国の地図を広げた。

　氷骨の南下経路の確認。そして駕が燕に侵攻する場合、どういう流れでいくのか。身に覚えは一回しかないはずだから、甜湘に子供が生まれるのはおそらく春だろう。そんな時期に戦争を仕掛けられたら、甜湘だって対処しきれない。

（止めたいだろうな）

　駕の兵力は六割以上が術師。さらに暗魅を利用してくるだろう。越の王城を翼竜に襲わせたのはおそらく海鳴だ。

　燕国の軍がそういう戦いに対応できるとは思いにくい。女王も甜湘も軍部でさえ、駑国が襲ってくるとは思ってはいない。どの国も怖いのは内乱だと思っている。

「甜湘に連絡できればいいんだがな」

詐欺師で間男で種馬でヒモ亭主の男にちらりと見られた。妻のことが心配らしい。

天令がひとつ飛びすれば、それも可能だ。

「もっとも固く禁じられている干渉が何かわかるか」

「国家間の戦に関する情報か」

「そなたがそれを私に求めてくるなら、もう一緒にはいられない」

飛牙は大きく息を吐いた。

「悪かった。もう言わないから一緒にいてくれ」

素直に謝る。こういうところはやはり育ちの良さか。

「氷骨で大きな被害が出れば、戦争はできなくなるかもしれない。だが、それでは嫌なのだろう」

「ここにいればここの連中にだって情が湧く。面倒なことにな。まずは直近の問題である氷骨のことを考えるか」

地図の上を指でとんとんと鳴らす。街の名前をつけるのが面倒だったのか、一番北の街は北端で、その南が小北という名前だった。他にもいくつか村があるが、どうやら鉱山関係のものらしい。こうして見ると、駑国というのは本当に半分凍土に覆われているのだ。

「北端の住人はすでに小北に逃げている。軍は北端を捨て、そこでの殲滅を計画していいるらしく、北に大きく壁を作っていた」

「小北から王都はわずか十三里か。ここを突破されたら終わりだな。宰相閣下は本当に住人を王都に避難させないのか」

「軍とともに戦うよう命令が下った。逃げ出せば罪となる」

うーんと飛牙は唸る。

「天はまたほったらかしか」

「地上は天の箱庭ではない。天は世話などしない。滅びもまた地上の循環」

「堕ちた天令の災厄までほったらかしだったものな。魄奇なんて元人間だし、尚更か。人に命令するくせにな」

「我を目指せか。とりあえず頑張れと言いたいのかもしれない」

「じゃ、そう言えよ」

「仕方あるまい。ある意味、地上とは言語が違うようなものなのだ。天とは一本の巨大な柱ではない」

飛牙は首を傾げた。

「やっぱり天は多くの意識でできているということでいいな」

「天の理（ことわり）は本来、人に話すことではない」

「もしかして俺、試されてない？」

「だから知らぬ」

那侖はあくまで白を切る。

「なあ、天と話がしたいんだが」

「できない。何を考えている？」

「いや、ほら、交渉できないかなと思ってさ」

「裏雲のことか。そなたの脳みそには結局それしかないが、その肝心の裏雲が戻ってきていない。いいのか？」

あの男は昨日出かけたまま帰って来ない。

「いい大人だし。行きたいところもあるだろ」

「その行きたいところが問題なのであろうが。あの猫もいないのだぞ」

寒さが苦手であまり外に出たがらなかった宇春（うしゅん）もいなくなっている。

「でも、ほら虞淵（ぐえん）はいるだろ」

蜥蜴は壁に張り付いていた。自分の名前が出たことに驚いて振り返る。

「そこの蜥蜴、話がある。人になるのだ」

隠れようとした蜥蜴に、那侖が命じた。

「……何も知らない」

若者の姿になった虞淵はうつむいて言った。黒い髪が顔半分を隠していた。

「え、男だったのか。てっきり美女かと思っていた」

こんな時でも飛牙は呑気な反応を示す。

「なにゆえ裏雲についていかなかった？　そなたはそこに行きたくなくて残ったのではないのか」

虞淵はうつむいたまま答えようとはしなかった。肯定しているということだ。

「そなたは宰相を主人としていたが、裏雲と一緒に逃げてきたのであったな。宰相に会うなど恐ろしくてできまい。つまり裏雲は海鳴のところへ行ったのだ」

これにはさすがに飛牙も驚いた。虞淵に顔を近づける。

「……そうなのか」

「止めたけど……駄目だった」

裏雲という男を信用しきれていなかった那兪は溜め息をついた。黒翼仙とはそうしたものだ。闇の底から這い上がることなど出来はしない。飛牙への想いは本物であろうが、一つになるという究極の形を提示されれば話は別だ。

「裏雲と海鳴は似ている。ずっとそう思っていた。同調しても不思議ではない。海鳴と手を組むことにしたのだろう」

飛牙は息を呑んだ。

「違う、そんなわけあるか」

裏切られたと思いたくない気持ちはわかる。この二人は幼い時から何をするのも一緒だった。徐庚の変で分かたれたときは身を裂かれる想いだっただろう。

「裏雲は罪を認めて運命を受け入れていた。足掻いていたのは俺だ。その裏雲が一方的な戦に荷担するなんてことがあるものか」

唇を嚙む元王様の姿は痛ましかった。

だが、堕ちるとはそういうことだ。どれほど荒もうと堕ちきれなかった〈寿白殿下〉にはわからないのだろう。

（私には……わかる）

きっとこの身も堕ちるのだから。

第六章　天の者　地の者

一

「それでは任せた」

駕国(がこく)宰相は重々しく言った。

「は……はい。私でお役にたつのなら」

そう応えた劉数(りゅうすう)であったが、額には脂汗が滲(にじ)んでいた。固く握りしめたその手は震えている。

(無理もない)

王后(おうごう)を抱き懐妊させろと言われたのだから。

その様子を陰で眺めながら、裏雲(りうん)は思い出していた。王を一途(いちず)に案じていた王后の健気(けなげ)な姿を。国で最高の地位にありながら、互いしか頼る相手がいなかったのだろう。孤独な抑圧の中で育まれた愛はどれほど深いのか。

「では王后にとって良き日を選ぼう。婦人には適した時期があろう」

「……はい」

洸郡太府にも妻子はいる。できれば断りたいところだったに違いない。だが、断れば失うのは地位だけでは済まない。

「それが叶ったあとは燕への侵攻に関してゆっくりと話そうぞ」

「ははっ」

劉数は深く頭を下げた。

汗を拭い去って行く太府を見送り、裏雲は幕の陰から宰相の前に出た。

「有無を言わせぬお手並み、見事でございました」

お愛想に微笑んでみせるわけでもなく立ち上がった宰相であったが、ぐらりとよろめく。

「お休みになったほうが」

太府の前では堂々と振る舞っていたが、実際宰相の命は長くなさそうだ。

「大事ない。それよりその懐の猫は暗魅であろう。ふむ、なにやら私をよく思っていないようだな」

胸元から宇春が顔を出していた。きりきりと目を吊り上げ、月帰の仇を睨み付けている。

「宇春と申しまして、よく仕えてくれています。目つきが悪いのは生まれつきでございましょう」

飛びかかられても困る。顔を出さないよう、手で懐に戻した。

「まあよい。よくぞ決心してくれたな」

飛牙に一言もなく、裏雲は宰相の下に来た。今頃はさすがの殿下も裏切られたと思っていることだろう。

「ただ祖国を護りたい、という閣下の信念に感銘を受けました」

「そなたもただ寿白殿下を大切に想って生きてきたのであろう」

口元に自嘲の笑みが浮かぶ。

「……はい。それだけが我が願いでした」

汚れきったこの身だが、そこに嘘はない。

「にもかかわらず、あの殿下はせっかく取り返した国を弟にくれてやった。そなたの忠義に報いようとは思わなかったのかのう」

裏雲は答えなかった。様々な想いが胸を苛む。

「そなたが寿白になれば、燕国の世継ぎは事実上そなたの子。徐国の王はそなたの弟。越国の次の王もそなたの義兄弟。寿白を手に入れ、そのうえ寿白が手に入れたものも、そなたのものになるのだ」

　そして汀海鳴は裏雲の頭脳と寿白の人脈を手に入れる。それが最大の目的といったところか。

「甜湘姫の御子はまだ腹の中。性別もわかりませぬ」

「それならば男でも世継ぎにしてしまえばよい。我が国にも女王は二人いた。十一代と十四代だ。男子が幼子しかおらなくてな。甜湘とかいう生意気な小娘が胤の制度をやめたのが、きっかけにもなろう。だが、おそらく生まれるのは姫だ。寿白殿下は類い希な強運の持ち主だからな」

「四国を駕国という一つの国になさるとなるとなかなか骨が折れるかと」

　宰相はふふと笑った。

「まずは駕国を盟主に他三国を属国とする。そのうち、三国には世継ぎがいなくなり併合されていくということもあるかもしれぬな」

　ぞっとするような声だった。確かに生まれても死んでいけば世継ぎはいなくなる。病ということならば仕方ない。

「汀海鳴は干渉し、支配する〈天〉となるのですね」

　そして私はそれに荷担しようとしている——それを知ったとき、殿下はどんな顔をするだろうか。

咳き込むように笑った宰相だったが、すぐに真顔になった。

「今宵、器を替える」

着替えをするとでもいうように、宰相はあっさりと言った。

「では宰相汀柳簡は亡くなられるということですか」

「もはや動けない。乗り切るためには若い体と見栄えの良い姿も必要だ」

確かに蒼波王は見目も良い。ここで王が復活しておけば、王后に子ができても整合性はとれる。場合によっては元徐王寿白の子だと偽ることもあるかもしれないが、少なくとも今は王の子であった方がよい。

「ならば蒼波王になられた閣下自らが子供を作られてもよろしかったのでは」

「子は作れぬ。そこが転生外法の限界なのだ。それに子孫を抱くほど下衆ではない」

やっていることは充分下衆だが、美学は人それぞれだろう。

「宰相が死んだことはしばらく伏せる。そなたと楊近で代理を務めてくれ」

「蒼波王の地位を固めてからですか」

「そうだ。王は十年ほどの間、人前に出られないほどの重病だった。いきなり現れて実務に携わっては周りも戸惑う。冬の間、じっくり慣れてもらうことにする。宰相としての言葉はそなたたちが伝え、王と宰相はまったく同じ考えであることを強調するのだ」

なかなかうまい手だと思った。三百年もの間、何度も入れ替わっただけのことはある。

「奇跡的に甦った若き王が天命を受けたと宣言して南下戦争を起こせば、それは天の意志であろう」

たいした策士だ。ここぞというときに王という切り札を使うとは。

「そなたの転生はその後だ。よいか?」

「御意——と言いたいところですが、私の呪いは体ではなく魂にあるのかもしれません」

器を替えたところで黒い翼の罪が消えるものかどうか。

「そのとおりだ。私も絶対の自信はない。だが、考えてもみよ。天が寿白の体を焼くと思うか?　狙いはそこよ」

なるほどと裏雲は心中唸った。天はどうやら殿下になにかしらの期待をしているらしい。黒い翼を罰するためにその体を焼くわけにはいかない。

「天は黒翼仙には無関心かもしれぬが、英雄には強い興味があるのであろう。違うか」

「感服いたしました」

黒翼仙が天下四国の英雄、寿白殿下となる。その寿白が駕国の宰相になれば、天下統一に正当性すら出てくる。なにしろ殿下は徐国の王兄で、燕国の名跡姫の夫、そして次期越国王の義兄弟なのだから。

寿白こそ英雄という評判を広め、そのうえで寿白になる。一つになるとはどのような心持ちなのか。

死ぬのは怖くない。だが、殿下と重なる誘惑に勝るものがあろうか。出してもいない黒い翼が熱を帯びていた。


その夜。

裏雲と海鳴は地下の部屋にいた。宰相専用の棟はどれほど地位のある者でも許可なく入ることはできない。

ここは海鳴が瞑想をしたり、大きな術を使ったりするときのための部屋らしい。つまりここで器の交代が行われてきたのだろう。

（……儀式の間か）

薄暗い部屋は幾多の罪を見守ってきたのか、暗い歴史を漂わせていた。

「今まで王ではなく宰相になられていたのは何故です？」

「その方が動きやすかったからだが……まず王には出来る限り子供を作ってもらわね

ばならぬ。外法を犯した身には子はできぬからな。翼仙もそうであろう」

「そのようですね。人の域から外れてしまった者の宿命とか」

だが、この男は今回王になる。それほど賭けているのだ。

扉の向こうから階段を降りてくる音が響いた。

「お連れいたしました」

楊近の声がした。

「入れ」

扉が開くと、楊近はまず蒼波王を部屋に入れた。

「陛下、どうぞこちらへ」

自我を奪われた王が抗うことはない。焦点の合わない瞳はいかにも憐れだった。

「この上に寝なさい」

部屋の中央に置かれていた石台に横たわるよう、宰相は命じた。

「……はい」

王は言われるまま台の上に仰向けになった。

(転生外法をこの目で見られるとは)

裏雲は楊近とともに、少し離れて見守っていた。これを止めようとしないのだから、人として終わっているのだろうと思う。

海鳴は懐から小刀を取り出すと、自らの手のひらをざっくりと切った。血の滴る手で王の顔を摑むように覆う。

「我が器よ、受け入れよ、退けよ——」

それ以降は何を言ったのか聞き取れなかった。翼仙や地仙が唱える呪文とは系統が違うのかもしれない。

長い詠唱が途切れ、宰相の体はがくがくと震え始めた。汀海鳴の魂が移動を始めたのか。やがて宰相はその場に崩れ落ちた。

「閣下……？」

楊近の声が震えていた。おそらく彼も初めてこの儀式を見たのだろう。宰相は蒼白な顔で倒れ動かない。死んでいるようにしか見えなかった。

入れ替わるように蒼波王の目蓋がゆっくりと持ち上がる。

「おおっ」

楊近は歓喜の声を上げた。王の瞳に汀海鳴を見たのだ。それほど今までとは眼光が違っていた。

「すぐには動けぬ……しばし待て」

壮絶な血塗れの顔はわずかに微笑んでいた。

「閣下……いえ、陛下と呼ばねば」

楊近にも喜怒哀楽の表情があったらしい。感無量とでもいうような顔だった。この男にとっては始祖王汀海鳴がすべてなのだ。

やがて〈王〉は体を起こした。首を一回ぐるりと回す。

「ふむ。まだ馴染まぬが、まあよい」

立ち上がると王は宰相の亡骸を見下ろした。

「始末せねばな。この石台を押して、寄せてくれるか」

王に言われ、裏雲と楊近で石台を押してみた。すると下に棺が入るほどの深い穴があり、中にはいくつもの骨があった。

(歴代の器か……)

裏雲は寒々とした思いで見下ろす。

「楊近、そこの棚に油がある。振りかけて火を放ち、死体を焼け」

長年使った器にはなんの思い入れもないようだ。王は汀柳簡の死体を蹴り、穴に落とした。ここで火葬を済ませるつもりらしい。天井の一部に換気口があった。

楊近は指示に従い、棚の上の壺に入っていた油を注いだ。丸めた紙に蠟燭の火を移し、穴に投げ入れる。薄暗かった室内は煙と燃え上がる炎に揺れ、たちまち肉の焦げる臭いが立ちこめた。

「始祖王陛下が抜ければ器も死ぬということですか」

そこは大事なところだ。

「老体では私が抜け出す衝撃に耐えきれないのだ。若くて丈夫なら死にはしないのではないか。ただ、生憎そういう形で抜けたことがなくてな」

最後まで使い倒してきたということだ。

炎が鎮まり、穴の中には骨しかなくなっていた。再び石台で穴を塞ぐ。王族として生まれ、長く器にされたうえにこの最期とは。さすがに汀柳簡という男が不憫だった。

(これが器)

黒い翼の裏雲にも思うところがあった。

「さて戻るか。今夜からは王の部屋を使わねば」

楊近が王に手拭いを差し出した。血だらけの顔を拭いた新たな王は、元々の整った顔立ちに汀海鳴の意志と野望を滾らせていた。

(この王が全軍を率いれば、士気は上がるだろう)

汀海鳴はそこまで考えて、今こそ老人の器を脱ぎ捨てたのだ。

「ところで陛下。氷骨の軍団はどうなさるおつもりですか」

氷骨は王都を目指している。戦よりまずはそちらが先。

「北の街で食い止めるまでだ。対氷骨の義勇軍も組織されておる。そこでの悲しい被害が国民に南下戦争の必要性を説く材料になろう」

そこまで利用する気なのかと寒くなる。自分も同じようなことをした。だが、外から見る眺めは格別におぞましい。

この汚い役目を宰相に負わせ辞任という形にし、氷骨の騒ぎが収まったあとで王の復活を宣言すれば、若き王には傷がつかない。

安寧の希望を持って天より国を授かったはずの始祖王は、三百年かけてどんな暗魅も魄奇(はくき)も遠く及ばない魔物となった。

(そして私もそうなろうとしているのかもしれない)

殿下と一つになりたいがために。

二

都の北にある街はこの時期まだ極夜にあった。

極夜とは冬至の前後に起きる太陽の昇らない状態で、昼でもけっこう暗い。この地では一ヵ月以上これが続く。さらに北の鉱山なら二ヵ月にも及ぶという夜だけの世界だ。

飛牙はこの街に降り立った。

降り立った途端、地面に這いつくばって盛大に吐いた。

「お、おえ……ひでえ」

初めて那俞に運ばれたのだ。光に包まれるとはもっと優雅なものかと思っていたがとんでもない。体は冷え切り、五臓六腑がぐちゃぐちゃになったかのようだ。

「意識があるだけましだ。私はやめておけと言ったぞ」

少年が生意気な顔で見下ろしてきた。言い返したいところだが、気持ちの悪さにその余裕もない。

「いつまで這いつくばっている。光に気付かれたろう、人が来る。第一、そなたはこのままでは凍え死ぬ」

飛牙は蒼白な顔で立ち上がるが、うまく歩けなかった。天令の光とは人を運ぶためのものではないと言われたが、確かにそのとおりだった。

「厚着はしてきたが、寒いなんてもんじゃないな」

睫も凍っていた。

「宿を取るか……って取れるかな」

「氷骨が迫っているのだから、商用の客などいないのではないか」

寒気から逃げるように一番近くの宿に入る。客が来たことに宿の主人は驚いていた。赤髭(あかひげ)をしごき、奥から出てくる。

「客なのか、あんたたちどうした」

「客だよ。頼む、なにか温かい飲み物をくれ」

体を温めて休ませないと動けそうになかった。平気そうにしている天令が少しばかり憎たらしい。

「今は商売してる場合じゃないんだが……まあ追い出すわけにもいかないか。部屋は上だ」

部屋に案内され、お茶を運んでもらった。内臓はでんぐり返ったままだが、それでも内側から体を温めたかった。あとで温かい料理も運んでくれるらしい。すでに飯屋は軍に食事を提供するので手一杯で店を開いていないらしい。

「……生き返った」

「こんなところに連れて来いとは。裏雲のことはよいのか」

熱いお茶を飲み干し、飛牙は頭を掻(か)く。

「よかねえけど、自分の意志で行ったんだろ。今、止めてどうにかなるとは思えない」

「あの男にはもう近づくな。汀海鳴に言われるまま、そなたを捕まえに来るかもしれない。海鳴と同じやり方で黒い翼の宿命から逃れようというなら、もうそなたが助ける価値もない。むしろ関われば危険だ」

那兪がこう言うのももっともだろう。

「そんな術使って生き続けても、海鳴は幸せになってねえ。だから裏雲も救われるとは思えない。なら止めたいじゃないか」

「言っていることは正しいが、そなたの叫びは黒き者たちに伝わらない」

「頭には来てる。でもまずは氷骨をなんとかできないかと思って来たんだよ」

むくれた顔で睨み付けると、那兪は吐息を漏らした。

「海鳴に裏雲を取られたのが悔しいようだな。そなたたちはそういうところだけはよく似てる」

「おうよ、すげえ悔しい。でも、今はこっちをやるんだ」

海鳴に取られたなんて思いたくもなかった。

「自分から巻き込まれに行くその性分はなんとかならんのか」

「そのぐらいの意気込みじゃなきゃ、天の試験は合格しないんだろ」

我を目指せ——その命令に従ってやろうじゃないか。

「……たぶん茨の道だ」

天令のくせに天を目指すことを勧めないらしい。

「いいんだよ、んなもん慣れてる。それよりおまえはどうなんだよ。あまりいい扱いをされている天令には見えないぞ」

「よく思われていないことだけは確かだ。天令たるもの、感情を抑え粛々と動かねばならない。感情とは誰かに入れ込むという気持ちだ。天の主義に反する」

那兪は淡々と言う。もっと怒っていいのではないかと思うが、抑えているのかこれが天令というものなのか、飛牙にも判断がつきかねた。

「天令をやめたくならないか」

「やめられない。それにやめてどうなる。そなたたちとは時の流れすら違うのに」

天令は創世神話にまで関わってくる。悠久の存在だ。那兪の問題に踏み込めないのはそれが大きい。

(俺なんて那兪にとっちゃ一瞬だろうし)

裏雲のこと以上にどうしていいかわからない。自分が死んだ後も那兪はずっと存在し続けるのだから。

「裏雲や私のことよりまずは氷骨なのだろう」

少年の綺麗な声は少し冷めた口調に聞こえたが、飛牙は肯く。

「軍はこの街の北側に炎の壁を作るんだったよな。この街の連中は逃げてないようだが」

「その軍の策で助かると言い含められている。炎の壁を作れば氷骨は避ける。だから街は大丈夫だと。この季節、旅をするのも命がけだ。動く決断はできないだろう」

「炎の壁ってのはどのくらいの規模なんだ?」

「一日燃やし続けても二里分の草水と薪しかない。北部にある草水の埋蔵量ははかりしれないが、あまりにも地中深く、採掘するのは至難の業。それでもかき集めたほうだろう」

「その程度の壁じゃ、避けて街に戻ってくるだけだな」

街は道が整備されている。雪で覆われた荒れ地を行くより氷骨だって歩きやすい。左右に分かれた氷骨もすぐに中央に戻ってくるだろう。そういう性質があるから散らばらず軍団を形成するのだ。

「時間が稼げればよいと思っている。王都を護るのが優先だから。街の者は知らないが、残っている軍人や官吏は火を放ったあと、馬ぞりで逃げる予定だ」

ひどい話だ。どうにも我慢できずにここまで来たが、飛牙にも未だ策はない。

「氷骨も暖かいところに行きたいなら、焚き火に当たって満足するってことはないか」

「もはや氷骨の本能だろう。ただし、熱で動かなくなるものもいる。炎の壁は氷骨を減らす効果はある」

「でも、このままだと氷骨で凍え死んだこの街の者たちが加わる」

「そうだろうな」

　この街の人間を生け贄に捧げようというのだ。許せることではない。

「待てよ。そうか、氷骨でたくさんの人が死ねば、南下戦争は大義名分を得て弾みがつく。くそっ、なんて奴だ」

「こんな寒い地に閉じ込められていては先がない、民にそう思わせるには充分だろう」

　那俞も同意した。汀海鳴の考えは最悪の上を行く。

「なら奴の鼻を明かすためにも、ここの連中には生きてもらわないとな」

「で、具体的にどうしようというのだ、英雄たる寿白殿下に策はあるのか」

　那俞の問いに答えあぐねていたとき、扉が開いた。

「寿白殿下だとっ」

　宿の主人が食事が載った盆を持って叫んだ。その丸い禿頭からは歓喜の湯気が立っていた。

「市長か、ありゃ駄目だ」

　赤髭の道明と名乗った宿の主人が首を振った。

「あれは天下りしてきた官吏だ。軍の言いなりなんだよ。しかし、天下四国の英雄様がこんなところまで来てくれるとはたまげたなあ」

　怪しい二人連れの客に不審を覚え、道明は扉の外で耳を大きくしていたらしい。途中から会話を聞かれてしまったようで、今更隠すこともできなかった。

「鴛国にまでそんな噂が聞こえてきていたのか。国を閉ざしているのに」

　温かい雑炊を口にしながら、飛牙は首を傾げた。

「知っている奴は知っているってことよ。こんな国にも世の中どうにかならないかとこっそり動いている連中もいるのさ。まずは他国の情報がほしいだろ」

「親爺さんもそういう連中ってことか」

　道明はへへと笑った。反政府組織とまでは行かずとも、そういうことらしい。

「ばれたら宰相に殺されるがな」

「だろうな。で、氷骨が近づいているが、避難させなくていいのか」

「知らないのか、王都が入れてくれないんだよ。結局戻ってきた連中もいる」

　飛牙は天令の光に運ばれてきたので関は通っていない。そのへんの事情までは知らなかった。

「そんなことに……」

「住民は王都を死守するための生け贄だ。だが、殺されてやる筋合いはねえ。聞いてくれ、英雄。俺は表向き氷骨から護るための義勇軍の幹部ってことになっている。この街の北東に高い塔があるんだよ。北部鉱山に囚人を運ぶための獄塔だ。ぎゅうぎゅう詰めにはなるだろうが、ここに街の人間を収容しておけると思うんだ。周りを火で囲み、氷骨を近づけなければやりすごせる」

道明の計画を聞き、飛牙は身を乗り出した。

「すげえ、ちゃんと考えてたんだな」

「当たり前だ、と言いたいところだが軍がいるんでまだ街の連中に伝えられずにいる。皆が言うことをきいてくれるかどうかもわからん。そこでだ、荒ぶる飢骨を倒し、憎き簒奪者を葬り、縦横無尽の活躍で徐を再興し、天下四国の世直しのために漫遊しているという寿白殿下の力を借りたい」

噂というのはどこまでも尾ひれがつく。遠い北の果てまでも。傍らで那兪が呆れたように溜め息をついていた。

「いや、まあ……そんなたいした者じゃないけど。簡単によそ者を信じていいのか」

道明に逃がさないとばかりにしっかりと手を握られた。

「おまえさんらがここに来る直前、この街に妙な光が走った。軍の術師が何かやったのかと思われていたが、隣の爺さんがこう言ったのさ。あれは天の光だと。この爺さんは街一番の物知りでな。白翼仙なんじゃないかって噂もあるくらいだ。まあ、さすがに翼仙ってのはないだろうが、偉い地仙なんだろうよ。だけどしらばっくれて表に出たがらねえ。そんなときにおまえさんらが現れた。信じたくもなるさ——どうか頼む」

そこまで何にでもすがりつきたい状況なのだ。おそらく想像の英雄と違うであろう、軽薄そうな若者に深く頭を下げた。

「つまり多少胡散臭くとも英雄様の求心力が必要だってことだろ。いいじゃないか、やってやろう。こっちには演出にもってこいの〈光〉がいるからな」

困惑している那侖の首に片手を回すとぐいと引き寄せた。

三

仲間うちへの道明の根回しは迅速だった。

突然現れた英雄とやらにもちろん懐疑的ではあったが、街の命運がかかっていると思えば、異を唱える者はいない。役人や軍関係者は街の者に気付かれないよう逃走の準備を進めている。街の者は街の者で企みがあることなど思いもよらぬようであった。

那侖は空を飛び、軍の建物に侵入し、多くの情報を集めていた。

それもこれも、この街の者たちと飛牙のためだ。すでに天令の域を超えている。しかも駕国は管轄外。してはいけないことの深みにずぶずぶとはまっている。

飛牙は氷骨から住人を護ることしか頭にない。こちらの苦悩など頭をかすめてもいないだろう。

（私は……本当に堕ちるのかもしれない）

そう思っても、手が引けずにいた。

まず飛牙は氷骨の偵察に出た一人の兵士と入れ替わった。もっとも危険な任務だけに、代わってやると持ちかけたら渡りに舟とばかりに乗ってきてうまくいった。一人馬ぞりを走らせ、北へ向かい、すぐに戻ってこう報告した。

「氷骨の群れの先頭は街から一里のところまで近づいております」

これには軍部も震え上がった。二里まで近づいたところで逃走する予定だったのだ。氷骨が走り出さない限りそんな筈はないのだが、理性より恐怖が先に立ち、大将は総員撤退命令を出した。あとのことを街の者に押しつけたのだ。

殺されたくなければ言われたとおりにしろ、と言い残し。

見捨てられた――街は騒然とした。逃げようにも馬ぞりなどはすべて持って行かれている。氷骨の群れが街を直撃するという恐怖の前になすすべもない。

道明ら義勇軍は極夜と極寒の中駆けずり回り、中央広場に街の者を集めた。

「聞いてくれ。わかっているだろうが、俺たちは偉いさんたちに捨てられた。このままだと氷骨の群れはまもなくこの街を通過する。氷骨が近づいただけでも、人は凍えて死んでしまう。戦える相手じゃない」

人に埋め尽くされた中央広場で道明は状況を説明した。

「奴らは街の北側に東西の直線で炎の壁を築けと言った。だが、これは氷骨が王都に来ないよう南下を少しでも遅らせるための策であって、俺たちを救うためのものじゃない。俺たちは自分が生き残ることをやるだけだ」

道明が拳を突き上げると、民衆からおおっと声が上がった。

(街の者のまとめ役だけのことはある)

こういう男の宿に泊まったのも、飛牙の巡り合わせだ。

「紹介する。飛牙と那兪。天の助っ人ってところだ。詳しいことは言えないが、信用していい。生き残ったらこの街の語り草になるだろうよ」

紹介を受け、飛牙が一歩前に出る。

「おおまかな策を話す。不安はあるだろうが、従ってほしい」

これからやることは基本的に越での戦いと同じだ。越では屍蛾の毒を吸わないことに気をつけて立て籠もった。ここでは氷骨を近づけず、寒さに耐えることが課題になる。

那兪は口を出さず、一歩引いて飛牙の後ろに立っていた。こちらを見上げる民の眼差しには悲壮感が漂っているが、希望もある。それが飛牙だ。寿白であることは発表されていないが、中にはすでに耳に挟んだ者もいるだろう。

「――というわけだ。全員助かって宰相の鼻を明かすぞ」

徐国再興のときのように、こういうとき飛牙は少し威厳を持って鼓舞する。そこに神がかった演出をしてやるのが那兪の役目だった。後ろから白い光が差してきて、光の剣を形作る。そこに飛牙が立っているのだから、どれほど神々しく見えるものか。

「……なんと！」

「いったい何者なのか」

街の者は飛牙を見上げ、息を呑む。奇跡を目の当たりにしたのだ。

もちろんこれは天令の力によるもの。こんなインチキに使われるのは不本意ではある。しかし、こうしている間にも氷骨は迫っており住民の団結が必要だった。

(ここが助かっても……私が堕ちれば地上は終わる)

堕ちた天令の恐ろしさは魄奇や暗魅などの比ではない。自分の暴走はすでに始まっているのだろうか。

「一人も死ぬ必要はない。皆、動け」

光の英雄に逆らう者などいなかった。

すぐに街の者たちは動いた。暗く息も凍る中では動いていないと逆に辛い。皆、よく働いた。

女子供に老人や病人は獄塔に詰め込む。混み合っていればそれもまた暖房。人の熱も利用するのだ。獄塔には幽霊が出ると街ではもっぱらの噂だったようだが、薄ぼんやりした幽霊なんかより氷骨の方が遥かに恐ろしい。誰も怖がってはいなかった。

獄塔の周りには古い兵舎がある。男たちはそこで氷骨を迎え撃つ。といってもやることは火の番だ。

獄塔を囲む形で丸くぐるりと炎の壁を作る。役場や軍の基地から運んできた家具なども合わせ、厚みと高さも作る。最後尾が行き過ぎるまで炎を守る必要がある。食料や寝具などは各自持ち込みだった。

薄闇の中、先頭の氷骨が北から吹雪をまとってやってきた。

凄まじい寒風に炎が消えそうになるが、男たちは決死の思いで火を守る。想像以上に過酷な戦いとなった。

「火を守れ、限界になる前に暖を取りに兵舎に戻れ。こまめに交代しろよ」

飛牙が叫んで指示を出す。反対側では道明が指揮しているはずだ。

「そなたは大丈夫か」

飛牙こそ無理をしているように見えて、那兪は声をかけた。

「踏ん張りどころだ。しかし……ひどいものだな」

言いたいことはわかる。炎の壁の外側をゆっくり進む氷骨たちは人間だったのだ。寒さに震え死んでいった者たちだ。骨になっている者もいれば、顔立ちがはっきりわかる者もいる。春を求めて死者たちは行進しているだけだった。

飢骨と同じ、統治次第では助けられた命だっただろう。

この炎の壁を持たせる力になっているのが草水と石炭だった。どちらもここからさらに北の地から採れるが、希少なものである。駕国は天然資源に恵まれているのだ。ただ、今の段階では採掘が難しい。将来的には豊かな国になる見込みはあった。だが、汀海鳴はもうその未来を待てなくなった。転生外法の限界を感じたらしい。

「魄奇は皆憐れだ……王は彼らを滅らすために心血を注がなければならない」

那兪は薪をくべながら言った。

「炎で温まろうとはせず南を目指すのは、故郷に帰りたいからなんじゃねえかな」

亡者の群れが炎に照らされ、恐ろしい光景を見せる。

「これが終わったらもっと呑気(のんき)な旅をしてえよ。誰かを助けるとかそういう面倒臭いことはなし。安物の装飾品を金のある女に高く売りつけるとかさ。適当に手玉にとって――おい、突っ込めよ。女房がいるだろうとか、この詐欺師の間男が、とかさ」

そういう軽口を求めるほど、心身ともにしんどいのだろう。

「そなたはもう本物の英雄であろう」

「やめてくれ。俺はクズでいいんだよ。寒くて、もうこんなのしんどくて仕方な……今すぐ投げ出したいけろさ、これじゃ逃げられないしな」

目の前の亡者の群れを眺めて、飛牙は苦く笑った。寒さのせいかろれつが回っていないところがあった。

「クズも英雄もどっちもそなただ」

そしてどっちも嫌いではない。これが人の面白みなのだろう。

「餓鬼だからって言い訳ができなくなったんだよ——って、おまえどうした？」

持っていた薪を落としてしまった。気が遠くなり、体に異物が入ってきた感覚がある。これは天が降りてきたのだ。

「天は干渉しない……だが人は……大いに干渉せよ」

崩れ落ちそうになったとき、飛牙に肩を掴まれた。

「天だなっ、こんなときに？」

「人の子は地上を護れ……そして我を驚かせよ」

「逃がさねえぞ。なんでも言うこと聞いてやっから、裏雲を助けろ……那兪を二度と堕とすな」

ここぞとばかりに飛牙は要求を突きつける。那兪は体を天の勝手にされながら、どこか恍惚とした想いもあった。

「堕ちるにも意思あり……」

「何を言ってる。ちゃんと話せっ」

中に入った天を逃がしたくないのだろう、強く抱きしめてきた。

「なに、こら？」

だが、無駄だった。天は簡単に抜けていく。天令の体など媒体に過ぎない。これを人の身でできるものが天官と呼ばれる。その代表が燕の始祖王だ。

「戻ったのか、ここに」

「天は去った……私だ」

崩れかけた体を飛牙に支えられ、その場に座らせられた。

こちらの都合などおかまいなし。いつも突然来てすぐに終わる。

「なあ、俺の言ったこと天の親玉は聞いてくれたか」

「……さあ。わからない。体がだるい」

いつものことだが虚脱感に苛まれる。幸い周りの者は火を絶やさないことに夢中で何も気付いてはいなかった。

「兵舎で休んでろ」

「天令は死なない。気にするな」

「死なないでもおまえらだってしんどいだろ。だから堕天する奴もいるんじゃないのか」

きっとそういうことだ。言われて改めて思う。天令も消耗するということを。

「俺はできる限り天の希望に添う。でも、天の一部になりたいからじゃねえ。おまえと裏雲が必要だからだ。それだけは絶対変わらねえ」

飛牙は不遜なことを言い切る。ずっと揺れていた心が縋り付きたくて、思わず飛牙の袖を握りしめていた。

「私など……」

「おまえが天令だから、まだなんとか天を信じていられるんらよ。俺にとっちゃ、おまえが天のすべてだ」

泣かせることだけはうまい。これだから裏雲もまんまと虜にされるのだろう。那兪は立ち上がると、息を吐いた。

「そなたはクズでも英雄だ。周りを見ろ、向こうで一人倒れた」

個人的な話をしている場合ではなかろうと指を差した。

「くそっ……正念場だな」

氷骨にも速さには個体差があるらしく、やっと最後尾かと期待すれば、また次の一団が現れるといった始末だった。おそらく完全に通りすぎるまでには、予想以上に時間がかかるのだろう。

「マメに交代しろ」

「駄目だ、薪がねえ」

倒れる者も出て怒鳴り声が飛び交う。言葉まで凍りつきそうな寒気の中、皆が余裕をなくしていた。

獄塔から動ける女や老人も出て、代わりを務める。もはや総力戦だった。真夜中を過ぎるが、夜明けは来ない。昼近くにようやく地平線のうえに日が出てすぐに沈む。それがこの時期の極夜だ。王都ですら日の差す時間は短かった。日が差せば氷骨の動きは鈍る。

「このやり方はどこでも可能だ。王都でも使えるだろう」

「あ……？　ああ」

飛牙の返事が怪しくなってきた。どうやらさすがの寿白殿下も限界らしい。

「もういけない。そなたが休め」

「ここを守らないと……天と取引できねえ」

何を言われても、飛牙は一歩も引かなかった。

「馬鹿者が。臣下の自己犠牲の重さに潰されたのはそなただろう」

「氷骨は花咲く春の都に帰りたくて歩いてるんだよ。みんな帰りたかった。こいつらはまるで俺たちと同じだ。無力な徐王が率いる隊列と……あそこに慶沢(けいたく)がいる」

体温が低下して幻覚を見ているようだ。かなり危険な状態だったのだ。

(気付かなかったとは!)

おのれの至らなさに歯噛(はが)みする。飛牙が人に過ぎないことを失念していた。

那兪は人差し指を飛牙の首に押しつけ、天の呪文を唱えた。天令同士でなければ使わない呪文だ。それであっても勝手に使うことは本来許されない。

光を熱に変え、ゆっくりと飛牙へ送り込む。

「舌を嚙む、口を閉じていろ」

飛牙を支え、那兪は小さな体で抱きしめた。

天令の那兪はきっと堕ちるだろう。大災厄を引き起こしてしまうのかもしれない。だとしても、今この男を助けることより勝るものはなかった。

「……天はちゃんと俺に光の剣をくれてたわ」

おまえだよ、と手を握ってきた。正気が戻ってきたのか、飛牙は少し体を動かした。

「そんなことより見えるか。最後の氷骨が通り過ぎていく」

こんな悲しい行進を見なくて済むように、人は進歩していき、自然と戦い続けるしかないのだろう。

飛牙も汀海鳴も根っこは同じだ。

「俺、やっぱり裏雲を取り戻しに行く。おまえもあいつも俺のもんだ」

「勝手なことを……」

「欲張るから、クズで英雄なんだよ」

この街から一人の死者も出すことなく、氷骨を最後まで見送った。災厄を乗り切った街は大きな歓声に包まれていた。

四

蒼波王が復活して幾日かたった。

城の者たちも王が生まれ変わったようだと驚きを見せる。だが、実情を知る数人の官吏たちは震え上がっていた。

ついに、国王陛下までが始祖王に乗っ取られたのだ。さすがに従ってきた者たちも恐怖した。翼国は取り返しのつかない方向へ行こうとしているのではないか、そんな不安にかられても口に出すことはできない。

「裏雲殿、こちらへ」

柱の陰から軍部の偉いさんが手招きしていた。いつもは強面（こわもて）だが、今日は少しばかり様子がおかしい。

「どうなさいました」

「それが北の街が壊滅を免れました。街はほぼ無傷で氷骨をやり過ごしたようです。現在、氷骨の群れは王都を目指しております」

「良いことではありませんか」

「しかし、閣下は思い通りに事が運ばないと許せないご気性。それに街の者が生き残っているのですから、王政が見捨てたことはいずれ広まります。閣下は犠牲を利用し、南下戦争が必要であることを説くおつもりだったのですから、これはまずいかと」

身内の犠牲は士気を高めるのに都合がいい。それが失敗したということだ。だが、汀海鳴ならいくらでも他に策を出せるだろう。

「裏雲殿から閣下にお伝えいただけないでしょうか」

宰相は病に臥し、会えるのは楊近と裏雲だけということになっている。この男は宰相の正体までは知らないようだった。

「承りました。私からお伝えいたします。しかし、その街はよく助かったものですね」

「それが……なにやら光を纏(まと)ったよそ者が現れ、街を救ったとか。住民は天が遣わした英雄だと崇めているらしく」

裏雲は思わず笑っていた。

「笑い事ではございませぬ。得体の知れないよそ者などに英雄になられては軍の立場がありません」

「失礼いたしました。ともかくお伝えして参りますゆえ、これにて」

男と別れ、裏雲は心置きなく微笑む。

(私の殿下は英雄力が増しているようだ)

殿下を徐国の玉座につけることは叶わなかったが、もはやそれ以上の存在になろうとしている。

「……その傍らに黒翼仙などいてはならない」

宰相はすでに死んでいるので、国王陛下の間へと向かう。〈王〉はおそらく横になっているだろう。体が馴染んでいないのか、あまり体調が良くないらしい。

(私にはそれが何もかも奪われた蒼波王の抵抗にすら思える)

きっと彼の魂は消えてはいない。

裏雲は扉を叩いた。

「陛下、裏雲です。よろしいでしょうか」

「入れ」

許しを得て、王の間へと入った。

「お加減はいかがですか」

王は執務室の長椅子に寝そべっていた。

「よくない。蒼波は健康だと聞いていたが、そうでもなかったようだ」

「それではそのままお聞き下さい。氷骨は北の街に犠牲を出すことなく、南下を続けているとのことです」

「なんだと」

王はだるそうに体を起こした。

「予定どおりにいかぬものだな。何故、街は助かった?」

「気の利いた者がいたのでしょう。義勇軍が活躍したようです。それにあの街には白翼仙ではないかと囁(ささや)かれていた老人(ろうじん)がいたとか」

かつて裏雲の師匠であった白翼仙侖梓から聞いたことがある。北の街には顔見知りの白翼仙がいると。だから嘘ではない。殿下のことを言わなかっただけだ。

(言えば殿下を殺すことに躍起になるかもしれない)

今の海鳴ならそちらを選択することもありうる。私の器ならば徐国の亘覧(こうけん)陛下という選択肢もあるのだから。

「念のため、王都北部に落とし穴でも掘ってはいかがでしょう。ある程度動きを止めれば術師も動きやすい。進軍を遅れさせれば、いくばくか春の声も聞こえてくるでしょう」

「そうするよう軍部に伝えておけ」

王は頭を抱えた。

「頭が重くてならぬ。蒼波は頭痛でも持っていたのか」

それこそが蒼波王の生きようとする力だろう。始祖王は認めないだろうが。

「器の体質が合わないということは？」

「今まではなかった。だが、もしものときは器の変更も必要かもしれんな。劉数で我慢するしかないが」

洸郡の太府が気の毒になってきた。王后を懐妊させる大役も回ってきたというのに。

「今夜は劉数に働いてもらう。まずはそっちを果たしてもらわねばな」

夢の中を彷徨い続ける王后は王の胸に抱かれる夢を見るのだろうか。

「王后陛下は近頃お加減が思わしくないようです。閨はあとでも――」

「ならぬ」

言い終わらないうちに否定してきた。さすがの始祖王も余裕がなくなっているらしい。「承知しました。どうか、お休みください。失礼いたします」

王の間をあとにした。

王宮は氷で造られたかのように冷え込んでいる。冬はいよいよ深く、春が氷骨を溶かすのはまだ先のように思えた。殿下は見捨てられた北の街を救ったかもしれないが、王都には危機が近づいている。

ここの玄武玉は始祖王の中にまだあるのだろうか。玉は暗魅から都を護るが、氷骨のような害意のない魄奇では護国玉の効果は望めないだろう。

そんなことを考えながら歩いていると、どこからか女の歌声が聞こえてきた。

『春を連れて帰ってくるあなた。愛しい人……』

せつない曲調と繊細な歌声が美しい。

これは冬の間、出稼ぎや徴兵などに出た夫や恋人を待つ歌だ。主に庶民の間で唄われるが、ここは王宮。誰が唄っているのか。

「陛下、お部屋にお戻り下さい」

諫める女の声がした。それでも歌は止まらない。

(陛下……ということは王后か)

無意識にこんな歌を口ずさんでいるとは。

「陛下、どうかお部屋に。わたくしが罰せられてしまいます」

前の侍女は投獄されている。どうやらまだ処刑されたわけではないらしいが、王后の侍女も命がけだろう。蒼波王の世話をしていた者もやはり捕まっているが、これも実は処刑は先送りになっていると聞く。

（王都で上に立つ軍人が無益な処刑を嫌がっていると聞くから、この国もまだ捨てたものではないのかもしれない）

それでも蒼波王の皮をかぶった汀海鳴が完全に動けるようになれば抵抗も難しくなるだろう。

角を曲がると、唄いながらふらふらと行く王后と泣きそうになっている侍女がいた。裏雲に気付くと侍女はびくりと体を震わせる。裏雲は宰相の側近という位置づけなので、怯（おび）えるのも無理はない。

「見事な歌声ですね」

裏雲はこれ以上ないほど優しく声をかけた。

「申し訳ございません。すぐに戻りますから」

頭を下げる侍女を後目（しりめ）に、裏雲は王后の手を取った。

「王后陛下、お風邪を召します。その歌、陛下に届きますよう……お部屋にてお待ちしましょう」

「陛下……？」

王后はきょとんと首を傾げる。その表情は童女のようだ。前世の記憶でも辿（たど）るように視線が泳ぐ。

「はい。いつの日か、臣下や民にもお聴かせください。王后陛下の歌声に春も誘われることでしょう」

王后は裏雲に促されるまま、歩いてきた廊下を戻った。

「あ……ありがとうございます」

侍女は安堵したように、王后のあとに続いた。

裏雲もまた私室に戻る。

王后とはこの城に忍び込んできたとき、偶然会って話をした。向こうはこちらを新人の官吏だと思ったようだが、それも覚えていないようだ。

あの手折られた百合のような女性を今宵辱めようというのだ。悪事は嫌いではないが、さすがにこのやり方は好きではない。

転生外法を使えるということは、肉体を失っても人としてこの地上に留まることができるということ。

そして始祖王の子孫は多い。直系は風前の灯火かもしれないが、傍系なら殿下も亘覧も該当する。駕国内なら数百人いてもおかしくない。

その気になれば器には困らないということ。

(つまり、汀海鳴自身が死を受け入れない限り、この国は遥か昔に死んだ始祖王に支

配され続ける）

　あの男が地上から手を引くとは思えない。

　天が介入しないというなら、この泥沼は続くのだ。殿下がどれほど張り切って介入したとしても、寿命がある。だが、海鳴にはそれもない。

　つまり、いずれは汀海鳴が天下四国を統一するだろう。今は焦りが見えるようだが、苦難などいくらでもあったはず、これも乗り越えるに違いない。

　思案のうちに窓の外はすっかり暗くなっていた。暖炉の炎は朱色に揺れている。室内に灯りをつけ、裏雲は窓の外を眺めた。

　北の街を救った英雄はもう王都に戻っている。なにしろ、天令がついているのだ。

「殿下は……どうでるか」

　裏切られたと思い落胆しているだろうか。もはや助ける価値もないはず。

　それでいい。寝台に寝そべる猫を撫でた。宇春にもなにやら言いたいことがありそうだ。想像はつく。月帰を殺した男ではなく、間男を頼れと言いたいのだろう。

　今夜、劉数が王后を抱く。さて、こちらをどうするかだ。転生外法を伝授されるまでは汀海鳴の忠実な部下でいなければならない。

（王后には気の毒だが……）

　切り捨てようと思った。優先順位を決め、効率良く動かなければ守るものも守れない。とはいえ、うつろな瞳の女を思い出すと、今夜は眠れそうになかった。

五

寒さに歯の根が合わないが、飛牙は食いしばろうとした。

うっかりすると眠ってしまいそうだ。そのたびに那兪に髪を引っ張られる。

「寝るな。辛抱せんか」

何度目かの那兪の叱責が飛んだ。

「この寒さで眠ったら人は死ぬのであろう。これしき北の街に比べれば温いほうだ」

ここは王都相儀。しかも城内だ。暖房がないとはいえ、氷骨と遭遇したあとなら楽なもんだろうと思った。が、この状態で早朝から夜まで動かずにいれば、体も悲鳴を上げる。

「なあ、俺を温めてくれたよな。あれをちょっと……」

「そなたは私を今すぐ堕天させたいのか」

そう言われると温もりを求めるわけにもいかなかった。那兪はこちらを助けるためにかなり危ない橋を渡っている。

(那兪が堕とされたら、間違いなく俺のせいだ)

なんとしても汀海鳴の陰謀を阻止して、天にこちらの要求を認めさせるしかない。そのために、今こうして城の中にいる。

「昔さ、裏雲と城を抜け出したことがあるんだ。話したことあったっけ。荷物の箱の中に潜り込んで。九つくらいのときだったかな」

思い出すと少し体が温まってきた。

「城下に出たかったんだよ。そりゃ出たことはあったけど、周りを警備で囲まれているから全然面白くなくてさ。行く道も決められていたし」

「しかたなかろう。そなたは跡継ぎだった」

「王子だって息は詰まるんだよ」

街はどうなっているのか。

徐国の民は飢えていないか。

「大冒険って感じで面白かったけど、せつなくもあった。だって、どぶ板の通りとかひどい有り様でさ。子供たちは痩せてるし、大人でもろくに字が読めないんだ」

少しばかり落ち込んで城に帰ったものだ。この国は決して豊かではない、こんなことでいいはずがない。きっと問題は山積みなのだ。

「そなたは知ればなんとかしなければと行動に移す子供だったのではないか。周りの者は知られたくなかったのだろう」

「だろうな。でも、なんでも知りたい年頃だった。その夜は叱られた裏雲と一緒に獄塔に一泊。怖かった。だから手をつないで寝た」

小窓から見える月が美しかった。

「あ、飢えってどんなだろうと思って丸一日何も食べなかったことがあったな。母上が心配して医者を連れてきたからそこで終了。逃げ始めてからはいつもひもじかったけどな」

王子様の温い体験学習など現実の前にあってはお笑い種だ。それでも子供なりに一所懸命だった。

「いつも裏雲が付き合ってくれたんだよ。最初は必ず止められるけど、俺も頑固だったから、結局同じことしてくれてさ」

王子様以上に叱られたはずだ。それでも裏雲はそばにいてくれた。

『殿下は最高の王になられるお方。どんなに馬鹿馬鹿しく思えても、無茶なことでも、すべては未来に繋がるだろう。無駄なことはない』

……そう言ってくれた。

「取り戻すんだよ。汀海鳴なんかにくれてやるものか」

「だが、奴の気持ちはどうなのだ。説得できるのか」

「裏雲が心から汀海鳴に心酔しているとは思えない。この国の矛盾を見れば、海鳴を信じ切るなど無理だ。だから裏雲には策がある」

何かを考えてのことだ。その考えは必ずしもこちらとは合致しないかもしれないが、目指す方向は同じはず。

互いの未来だ。

「では美しい友情を取り戻しに行くか。夜も更けてきた。そろそろよかろう」

那令が立ち上がった。

日の出とともに王宮に潜り込んでいたのだ。奥にある戸棚に潜んでいたが、さすがに辛かった。

「長かったな」

戸棚から這い出て、ふうと息をつく。

「仕方なかろう。日の出の一瞬に紛れるのがもっとも目立たない」

光を光で隠してここに来た。連れてきてもらったのはありがたいが、天令様の高速飛行は絶対に人間の体に悪い。

「じゃ、裏雲を探すか。どこにいるんだろうな」

「おそらく宰相の近くにいるだろう。ただ宰相はずっと病に臥せっているらしい。代わりに蒼波王が執務を始めたというから……あるいは」

「海鳴が王にかけた術を解いたか、もしかしたら器を乗り換えたってことか」

「そなたを残して情報を集めようとしたが、あの王宮の者たちは口が固くて噂話も控えている。それだけ恐ろしいのだろうな」

そう思うと徐国の王宮などおおらかなものだったかもしれない。父は庭いじりが好きで、ときどき下働きの者にさえ庭師と間違えられていた。横柄に呼びかけられても気にもしなかったし、真っ青になって謝る者に気にするなと笑っていたものだった。

今でもあんなひどい死に方をしなければならないほど悪い王だったとは思えない。あのとき、何故あそこまで急激に反乱軍が膨れあがったのか。奴らは軍より充実した武器を持っていた。趙(ちょう)将軍が何度もおかしい、ありえないと言っていたのを思い出す。

甜湘もこんなことを言っていた。

『砂漠化を食い止めるべく、植樹をするなど対策は行っていたが、うまくいかない。植えてもことごとく枯れてしまう』と。

そして越国の王宮を襲った翼竜の群れ。

もし、これらが偶然ではないとすれば——

(汀海鳴か)

少なくとも翼竜をあそこまで操れる術師はそういないはずだ。屍蛾の大襲来の直後に翼竜の襲撃。何もしなければ越国は大打撃を被(こうむ)っただろう。

燕国で植樹を失敗させるのもそう難しくはない。暗魅でも術師でも使えば、植えたばかりの苗などひとたまりもない。

なにより、徐国。

優れた術師が幻影となって山賊の親玉をそそのかしたらどうなるだろうか。徐国を倒すのがそなたの天命だと告げれば。そのうえで、武器や資金の援助があったなら。易姓革命だと信じ込ませることなど容易(たやす)い。

「あの男だ」

飛牙は震える手で那兪を掴んだ。

「何を言っておる？」

「徐を滅ぼしたのも、燕が砂漠化を止められないのも、越の王宮に翼竜が飛んできたのも、全部あいつの策略だったんだよ」

「それなら訊(き)いてみようじゃないか、奴にな」

直感に近いが、飛牙には確信があった。

夜の王宮を走り抜ける。

抜かりなく音の出にくい靴を履いてきていた。密閉度の高いこの王宮では足音は響きやすい。

――汀海鳴の器をいくら殺したところで、奴は仕留められない。あの男ならそれまでの器が死んだ後でも術を使えるだろう。

頭に乗った蝶が話しかけてくる。

「わかっているさ、だから頼んだろ」

小声で返す。

――それに関してはまず思思を納得させねばならぬ。ここは思思の担当する国だ。越と燕の天令もせめて黙認してくれないと。

天の手順は面倒臭い。

「で、天に戻って訊いてくれたんだろ。あの仏頂面の小娘はなんて言ってた？」

――考えておく、と。

どこの天令も決断に時間がかかる。もったいぶっているわけではないだろうが、不干渉の掟からくる重圧なのかもしれない。

「返事はいつになるんだよ」

――こっそり天に戻って、こっそり会うのも大変だったのだ。私が思思でもすぐには決められない。

北の街から戻って、那兪にやってもらっていたことはそれだった。

「やっぱりまずは裏雲奪還だな」

宰相の棟は警備が厳しい。病気で臥せっているからこそ警戒しているのか、それともすでに死んでいることを隠しているからなのかはわからないが、おそらく宰相の側近としての建て前上近くに部屋があるだろう。

「蝶なら部屋に入れるよな。裏雲を呼び出せないか」

――私は奴に二度も捕まえられたことがある。まして今は海鳴の手下であろう。

「待ち合わせの場所を書いた手紙を置いてくるとか」

――裏雲はそなたを海鳴に差し出すつもりではないのか。油断できぬ。

完全に記憶を取り戻したことで、かえって裏雲への不信感が増したようだ。

「裏雲はそんなことしないって――」

――しっ。誰か来る。

那兪に止められ、急いで物陰に隠れた。確かに複数の足音が近づいている。

「女だな」

こんな時間にどんな用があるのか、飛牙は様子を窺（うかが）った。

「こ……こちらでございます」

女の声は怯えていた。もう一人いるようだが、返事はない。

音をたてないよう、女のあとを尾（つ）けた。ちらりと見えたもう一人の女は王后だ。焦点の合わない眼差しで侍女とともに歩いて行く。

（こんな遅くに王后をどこに連れていこうってのか）

当然、いやな予感しかしなかった。

「お連れいたしました」

侍女がどこかの部屋の扉を叩く。

「遅いではないか」

扉が開けられ、楊近の声がした。

「……申し訳ございません」

詫びる侍女の声は震えていた。

「下がれ。早朝迎えに来るよう」

はい、と返事をして侍女は立ち去った。これから王后におきることを知っているのだろう。

「どうぞ、陛下がお待ちです」

楊近は王后を招き入れた。重い音をたてて扉が閉まる。

「ここは王の間じゃないぞ」

――ここらへんは客人用の部屋だな。

話しているうちにまた扉が開く。楊近が出てきた。

「では、あとはよしなに。閣下を失望させぬよう、首尾良く」

「しかし……これは背信行為だ。私には……」

「閣下の仰せのとおりに。私が出たら鍵をかけるといい」

中の男にぴしゃりと言うと、楊近もその場を立ち去る。中から鍵のかかる音がした。種馬の男も命じられて仕方なくといったところか。

「扉の隙間から中に入って、鍵を開けてくれ」

──裏雲を探すのではなかったのか。

「見ちまった以上は捨て置けない」

蝶の姿で吐息の一つも漏らしたかもしれない。那兪は扉の下の隙間から室内に潜り込んでいった。

まもなく、少年の姿に戻った那兪が内側から扉を開けてくれた。急いで室内に踏み込むと、驚いた様子の男がいた。王后は寝台で横たわっている。

「おまえたちはなんだっ」

「うるせえっ、てめえ王后に何するつもりだった。術をかけられてこんなになってい る女に、恥ずかしくねえのか」

飛牙は男の胸ぐらを摑んだ。

「私だってこんなことは……」

「宰相に命令されたのか」

男は締め上げられたままこくこくと肯く。

「懐妊させられなければ、太府の任を解かれる。それどころか、家族ともども殺されるかもしれない」

「太府？」

「私は洸郡の太府で劉数という。王族と多少の血縁があるのだ」

飛牙も汀海鳴の血を引いているということで、種馬を仰せつかった。この男もそういうことらしい。

「じゃ、やることやったって報告しとけ」

「しかし……！」

那俞が劉数の額に指を押しつけた。指先からわずかに光が漏れ、劉数はくたくたと床に倒れた。

「これで朝まで寝てるだろう。それより――そこだ」

壁に張り付いていた蜘蛛を指さし、捕まえようとした那俞だが、間一髪逃げられてしまった。蜘蛛は部屋から出ようと扉へ向かう。

使役されている暗魅だ。あれを逃がせば忍び込んだことまで海鳴に知られてしまう。逃がすわけにはいかなかった。飛牙は床を滑り捕まえようとしたが、蜘蛛の素早さに勝てるわけもなく、扉の向こうに逃げられてしまった。

そのとき扉が開いた。

そこには若い男と猫がいた。

「裏雲……」

「静かに」

裏雲と猫は部屋に入ってきて、鍵を締めた。猫の口にはさきほどの蜘蛛が咥えられていた。

「みゃん、捕まえてくれたのか」

飛牙は安堵してその場に座りこんだ。猫に手を合わせる。

「迂闊だな。ただ助ければいいというものではない。必ず見張りをつけるのが、この国の始祖王だ」

裏雲は暖炉の上の花瓶を取ると、もがく蜘蛛の上に逆さまにしてかぶせた。

「こっちはおまえを連れ戻しに来たんだぞ」

「それだ、それ。私を助けると言いながら、その途中でいろいろ抱え込み、結婚はするわ、子供は作るわ、義兄弟は作るわ。今度は王后の貞操を守る色男か」

呆れたとばかりに裏雲はまくし立てた。溜まっていたものがあったようだ。

「そういう裏雲はなんでここにいるんだよ」

「……たまたま歩いていたら、殿下を見つけただけだ」

ふうん、と飛牙は笑って顔を近づけた。

「なんだかんだ言って、王后が心配だったんじゃないのか」

「そんなことよりどうする気だ。この状況を」

何の解決にもなっていないと言いたいらしい。

「海鳴は蒼波王の体に移っている。これからは宰相ではなく、王として辣腕を振るうつもりのようだ。もっとも体に馴染まないのか、あまり具合はよくなさそうだが」

「やっぱり王様になっているのか。とにかくおまえは戻ってこい」

「戻って、私が焼き尽くされるのを見送ってくれるのか」

それなんだが、と飛牙は王后が眠る寝台に腰をおろした。寒くないよう、寝具をかけてやる。

「誰が見送るか。黒翼仙を焼くのが天だというなら許せるのもまた天だろ。そこに付け入るだけだ」

那兪から聞いた話なども合わせ、飛牙は自分の考えを裏雲に話してやった。

「つまり殿下が天に認められれば、私やそこの天令を取引材料にできるということか。それは天がそう言ったのか」

「いや……まだ返事は」

「そんなことだと思った」

心底呆れたというように裏雲は肩をすくめた。

「偉そうな天にしてみれば、人間ごときに取引などと言われるのが理解できないだろう」

そのとおりだと那兪も肯いていた。

「だから、俺は俺の価値を吊り上げようと思っている。駕国の問題を解決すれば、それも可能かもしれない」

裏雲はあっけにとられていた。

「殿下……大風呂敷にもほどがある。海鳴を消し去ることはできない。あの男は殿下を利用するつもりでいる。私は転生外法の術で殿下を器にすればいいと言われた」

「裏雲、そなたはその気になったからここにいるのではないか」

那兪が口を挟んだ。未だその目には不信が宿る。

「否定はしない。殿下と一つになれると言われれば抗えない」

「一つになれば裏雲は死なないのか」

本当にそうなら飛牙としても考えないこともない。

「どうだろうな。黒翼仙が転生外法を試した記録はないようだから、始祖王としても賭けなんだろう」

「おまえもそれに賭けてみたいのか」

飛牙の問いに裏雲は首を横に振る。

「気付いたよ。器ほど憐れな存在はないと。汀柳簡にはもはや本人の人格は残っていなかった。ただの入れ物として焼かれた。二つが一つになるのではなく、ただ乗っ取るだけだ。元々の人格はやがて消える。これでは私が殿下をじわじわ殺すというだけだ」

「だって、おまえ俺を殺したら悲しくて死んじゃうだろ。意味ないよな」

「よくもぬけぬけと言うものだ……が、そうだな」

だよな、と思わず笑っていたが、背後から天令の盛大な溜め息が聞こえてくる。

「互いを想う気持ちは気色悪いくらいだが、それはそなたたちだけなのか。人は皆そんなものなのか」

那兪に辛辣なことを訊かれ、裏雲は苦笑した。

「それに関しては、天令様も人のことは言えないのではないか」

「私は……人ではない。それでそなたらどうする気なのだ」

何か思いついたように、飛牙はぽんと手を叩いた。

「いや待て。ってことはまだ王様の意識は体に残っているんだよな。だったら助けるぞ」

嬉(うれ)しそうに言う飛牙に、二人の羽付きが同時に呆れた声を上げる。

「また、それか」

「王后に会わせてやりたいんだよ」

横たわったままの悲劇の后に目をやる。

「仮に王の中から追い出すことができたとしても、始祖王にはまだいくらでも末裔がいる。殿下もその一人だ。私が裏切ったと知れば、彼は寿白殿下という英雄を狙うだろう。私はそれが一番恐ろしい」

「ほらみろ、那兪。裏雲はこういう奴だって言ったろ」

事態の深刻さはさておき、飛牙はそこが嬉しくてしかたなかった。

「でれでれしてないで考えろ。天と交渉したいのであろう」

「まず、那兪は思思が駄目なら一人でもう一回あの連中に当たってくれ。今夜中に引きずり出せ」

「……彼らが動くとは思えない」

「来るか来ないか、決めるのは奴らだろ。地上への干渉じゃなくて、天の一部への提案だ。おまえは全然悪くない」

「屁理屈だけは一人前だな……だが、ことここに至ってはそこに望みをかけるしかないだろう」

那兪は部屋の窓を少し開けると蝶になって出て行き、暗い夜空に消えた。

「何を企んでいる？」

裏雲が怪訝な顔で睨み付けてきた。

「先輩にも参戦してもらえないかなと思ってさ。あとは運に任せて一か八か」

「海鳴は比類なき術師だ。殴り合いにもならない」

「体は王様だろ。傷つけないようにしておくわ。術は……まあ、あと何十年たったところで三百年現役の術師に勝てるわけがない。でもな、王宮に入り込むだけでも大変だろ。しかも始祖王は器を替えたばかりで具合が悪いっていうなら、もう今しかないわ。裏雲がいれば楽に警備もくぐれて、始祖王は部屋に入れてくれるんだろ。話つけてこよう」

飛牙に説得され、不承不承裏雲は肯いた。

「ともに死ぬもよし、か」

「死なねえよ。俺、もっと空飛びたいからな」

婉曲に一緒に生き残るんだよ、と言ったつもりだが裏雲にまた睨まれた。

六

静まり返った城を歩き、王の間の前まで来ると、飛牙は一度大きく息を吸って吐いた。

「おそらく楊近もいる。奴は強い」

「そっちは受け持つ」

腰に剣を下げてきている。この国では曲刀を手に入れるのは難しかったが、他にも用意はしてある。みゃんは王后が眠る部屋に念のため置いてきた。

「どうにかしなければならないとは思っていたが、まさか今夜いきなり始祖王と決着をつけることになるとはな」

裏切るにしてももう少し計画をたてたかったというのが裏雲の本音らしい。

「あの天令に期待してもいいのか。私では勝てぬ」

ぼやきながら、裏雲は扉を叩いた。

「陛下、裏雲です。夜分申し訳ありません、よろしいでしょうか」

「どうなされた」

案の定楊近の声が返ってきた。

「寿白殿下のことで、急ぎお話があります」

少しの間があった。楊近が王に話しているのだろう。ここで断られると面倒なことになる。警備兵に出て来られないためにも、王の間で終わらせなければならない。

内側から扉が開けられた。

「……どうぞ。やはりお一人ではなかったようだ」

承知していたとばかりに、楊近はほくそ笑んだ。

「陛下は寿白殿下に御用があったのでしょう。直接お連れしたほうが話が早いかと思いまして」

裏雲は開き直っていた。

「翟国始祖王汀海鳴よ、腹を割って話したい」

ずかずかと入り込み、飛牙は王の前に出た。若い王は長椅子に寝そべり、冷ややかな目でこちらを見つめている。

「忍び込んで逃げて、また忍び込む。寿白殿下は落ち着きがないようだ」

「まず裏雲を返してもらう」

「利用価値はあっても、生かしておくには剣呑（けんのん）。楊近、任せる」

楊近が剣を握り、一歩前に出た。飛牙の前に裏雲が立ちはだかる。

「殿下は話したいとおっしゃっています。子孫と語り合ってはいかがでしょうか」

「裏雲よ。なにゆえ裏切った。その種馬殿下と一つになりたかったのではないか」

王に問われると、裏雲は見せつけるように飛牙を抱き寄せた。

「やはりこのほうがいい。自分で自分を抱きしめてもあまり楽しくはないでしょう」

ふざけて言ってのけてから、核心に入る。

「そもそも始祖王陛下とは、お互いに信頼関係で結ばれておりません」

裏雲に言われると王は少しだけ悲しそうな顔をしてみせた。

「ひどいことを言うものだ」

「私はあなたに自分を重ねた。だが、私は私が嫌いで、もっとも信用していない。つまりあなたもそうでしょう」

飛牙は裏雲を押しのけて前に出た。

「誰も信じてないから、どんな形でも生きるしかなかったんだろ。信じてやればよかったじゃねえか、自分の子や孫や子孫をよ」

「蔡仲均は大いに失望したことだろう。国を滅ぼす不甲斐ない王にな」

挑発されても飛牙は冷静だった。

「だろうな。でも、裏で糸を引いて山賊を操り徐国を滅ぼした、そんなかつての同志にもかなりがっかりしたと思うぜ」

王は綺麗な顔でうっすらと笑った。

「気付いたか」

「やっとな」

この男は自分にとっても裏雲にとっても、親の仇だった。

「私は志のある者に力を貸しただけだ。徐が倒れるまでには数年かかると思っていたが、あっという間だったな。情けないことよ」

「だが、取り返した。てめえの思いどおりになんかさせるかよ」

落ち着けと自分に言い聞かせる。ここで時間を稼ぎ、汀海鳴に話をさせる必要がある。なぜなら〈連中〉もここでの会話を聞いているのではないかと思うからだ。

「たいしたものだった。そこは評価してやる」

「悔しいって言ってもいいんだぞ。感情出しな」

王は鼻で笑った。

「調子に乗るものだ」

「徐だけじゃねえ。燕や越にもちょっかい出してただろ。天下四国を奪うために、ずいぶん前から仕込んでいたんだよな」

「越にしたのは翼竜をけしかけた程度だな」

「あれで二の宮は死んだ」

他にも大勢死んだ。

「燕にはたいしたことはしておらぬ。あれは内側から腐っていく国だ」

「燕は甜湘が変える。俺の女房は間違いなくいい女王になる。越にも女傑がいる。てめえなんかにやられる国じゃねえよ」

「あちらこちらで国を護って、ここでもできると思ったか。思い上がるな小僧」

王は体を起こした。病んだ眼差しには暗い凄み（すご）があった。

「本当はそこまで自己評価高くねえ。俺は這いずり回って逃げ続けた王だからな。でも、周りの奴らには恵まれているんだ」

そこだけは自慢できる。

「あんただってそうだろ。他の始祖王とともに戦ったんだろ。人に恵まれ、いい縁があったから始祖王にまで選ばれたんじゃないのか。人望のない奴を天が始祖王に選ぶわけがない。一人じゃなかったよな。思い出せ」

ただ一途にこの地の安寧を願い、走り続けた日々を思い出してほしかった。

「……気にいらぬ」

海鳴が片手を挙げた途端、飛牙は弾（はじ）き飛ばされた。したたかに壁に体を打ちつけ、床に落ちる。

「殿下に手を出すなっ」

反撃のために術を仕掛けようとした裏雲の前に楊近が立ち塞がる。

「陛下に目をかけられながら、恩を仇（あだ）で返すとは」

楊近は裏雲に剣を突きつけ、襲いかかってきた。その剣を飛牙が曲刀で受け止める。

「親を殺され、民を殺され、国を滅ぼされて、何が恩だ。ふざけるなよ。本音を言えば何遍殺しても足りないくらいだ」

飛牙は力任せに、楊近を押し戻した。怒りに任せ、血が滾ってくる。南異境に逃げてからは飄々と生きてきたが、そんなものは仮面だ。憎めるものなら憎みたかった。ここに今、そいつがいる。

楊近と激しく剣を交えながら、見ているのはその肩ごしの海鳴だった。本来は始祖王とは天下四国において神に等しい。この神にすべてを奪われた。

「舐められたものだな。誰と戦っているつもりだ」

楊近は殺すつもりで斬りかかってくる。飛牙ももはやそのつもりだった。殺さずに倒せる相手ではない。火花を散らし、剣戟は体力の限り続く。

「よく戦ったものだ。天下四国となるまで……そうやって」

海鳴は胸を押さえた。塩梅はまだ悪いらしい。

「聞いているか蒼波王、取り戻せ。そいつをぶっ飛ばして、美味い酒を酌み交わそうぜ」

きっと抵抗しているであろう、中の王に呼びかけた。そのためには楊近にやられている場合ではない。

一旦大きく後ろに跳ねると、隠し持っていた絵札を投げた。王宮に監禁されていたとき尖らせておいたものだ。それがうまく楊近の膝に刺さり、くぐもった悲鳴が上がった。

「怪我人(けがにん)は引っ込んでろ」

「おのれ、陛下には……指一本……」

片足から血を流し、なおも王を守ろうとする楊近だったが、背後で海鳴が立ち上がったのに気づき、足を引きずり脇に寄る。

「そろって死ぬがいい」

蒼波王の姿をした海鳴が片手を上げた。立っていられないほどの圧が押し寄せてきた。

「塵(ちり)も残さず」

王の髪が逆立ち、全身から漲(みなぎ)る闘気で周辺の空気が揺らいで見える。

「殿下は私がこの世に存在した証(あかし)。消えさせはしない」

裏雲は飛牙を抱きしめると、黒い翼を広げた。

王から放たれた炎が渦を巻いて二人に襲いかかった。黒い翼から焦げ臭い臭いがしたが、燃えることなく持ちこたえていた。

「裏雲……！」

翼に包まれ、飛牙が叫んだ。

「なんともない。こんな炎は来るべき天の業火に比べれば」

効かないと気づき、海鳴は術を止めた。

「なるほど黒翼仙は燃え尽きることが約束されている。火の術は効かぬか」

室内も一部燃えていたが、王はそれを手で軽く払うだけで消し止めた。

「死ぬなよ……頼むから」

倒れかかった裏雲を、今度は飛牙が抱きしめる。着物が焼けて上半身が剝き出しになっていた。

(那兪、来てくれっ)

頭の中で懸命に那兪を呼ぶ。もはやできることはそれしかない。

「干渉しない天が正しいのかな……干渉しすぎているあんたを見てると、そんな気もしてくる」

今ならそう思う。

「貴様らなどに三百年この国を護りつづけた私の何がわかる。この極寒の大地をあてがわれ、死ぬこともできなかった私の——」

海鳴が再び片手を上げたとき、室内に強い光が降りてきて、急いで目を閉じた。

(那兪が連れてきてくれたんだ)

飛牙は思わず拳を握った。

いつもよりさらに白い光がようやくおさまってきて、ゆっくりと目蓋を上げてい

く。光は消えてもすぐには視力が戻らない。

「そなたら……！」

海鳴が声を上げた。この男には見えるのだろう。

「遅いから迎えに来ました」

那兪の声だった。だが、これは那兪ではない。

「もう、よかろう。塩梅が悪いのは器との相性の問題ではない。そなたの魂がすり減っているのだ」

口調が武将のようになった。天のときと同じように那兪は声を貸しているらしい。

「一番冷静なふりしてたくせに、子離れ子孫離れもできないのかよ」

待ち望んだ連中が来てくれたのだろう。だが、飛牙にはその姿はわからない。すでに人に見える形で存在していないのかもしれない。

「なぜそなたたちが」

海鳴は聞いたこともないような困惑の声をあげた。

「我らはすでに天の一部。天令と同じく干渉を禁じられている。できないのだ」

「本当なら先に死んだおまえが天の一部になって俺たちを迎えてくれるはずだったんだろ。なのにいないなって思ってたら、この有り様」

「四国の天令たちに説得されました。これ以上、見て見ぬふりもできないでしょう。

干渉ではなく、古い友を迎えに来ただけです」

すべて那俞の声だが、それぞれ違う人格であることはわかる。

飛牙は心底安堵した。天の一部の中には始祖王三人がいるのではないかと考えたのだ。彼らの功績を思えばありえると。そこで那俞と、あわよくば思思にも、この三人に話をつけ引きずり出してくれと頼んでいた。

始祖王たちなら汀海鳴を天に連れていけるのではないか、それを一縷の望みとしたからこそ、今日賭けに出た。彼らがどう出るかなどまったく予測できなかっただけに、もう那俞には感謝しかない。

「私がいなければこの国はっ」

「いなくてもなんとかなる。駄目なら駄目でいいじゃないか。それが地上の栄枯盛衰ってもんだろ。開き直らなきゃ王様なんかやってられないんだよ」

これが徐国の始祖王蔡仲均だろう。よくわかる。他人の気がしない。自分の国を滅ぼされたというのに、そこを責める気もないようだ。

「あなたが言うとおり私の国もひどいもの。でも、未来はちゃんとあったでしょう。子孫から奪ってはいけません」

燕国始祖王灰歌だろう、穏やかに諭してくる。

「行こう。もっと早く迎えに来るべきだった」

越の始祖王曹永道か。海鳴には大きな手を差し伸べてくる、髭の武人の姿がみえているのだろう。

「そうだ……今頃」

海鳴の声と表情に変化が見られた。

「愚痴はあとで聞く。長くこうしていられない。とっとと行くぞ、いいな」

「私の犯した罪がどれほどのものか……」

罪は充分承知したうえで、海鳴はこの国に残ったのだ。その姿は三百年独裁を続けた傲慢な術師ではなく、頑なで不安な青年でしかなかった。

「我らは建国の英雄かもしれぬが、同時に多くの命を奪った罪人でもある。結局、おまえとたいして変わらぬ」

「……私は」

このままだと埒があかない。

「罪だの罰だのはそっちで決めてくれ。今更恨み辛みは言わない」

黙っていた飛牙が口を出した。

決断するのが王の仕事だが、いつも正解を選べるわけではない。彼は彼で最善をつくしたのだろう。実際、海鳴がいなければ乗り切れなかった大きな災厄もあったはずだ。

「よろしいのですね」

　美人の始祖王に話しかけられたようだ。

「全部呑み込むさ。俺が恨み言言ったら、うちの始祖王に恥をかかせる。そうだろ？」

　子孫に言われ、蔡仲均は思わず笑ったのかもしれない。

「よく出来た子孫だ。こういうことだよ、海鳴。おまえもその体、子孫に返せ」

　海鳴は無言だった。蒼波王の体に重なるように実像が見えてくる。若く痛ましい男の姿だった。その瞳からは憑きものが落ちたようにも見える。それはかつての仲間の言葉を受け入れたということだった。

「蒼波王と王后を元に戻してくれ。そして……駕国をただ見守ってやってくれ」

　海鳴が光になって消えてしまう前に、これだけは言っておかなければならなかった。

「仲均の〈子〉よ、案ずるな。海鳴を連れていけば、術は消えよう……あとは託す」

　永道のその言葉と同時に室内に光が満たされ、真っ白になった。天の者が四人になって帰っていくのだ。

　光がおさまり、目も慣れてきた。

「終わったのか……」

見れば、床に那俞と蒼波王が倒れていた。飛牙は急いで駆け寄る。

「王様、大丈夫か。戻っているよな？」

蒼波王はゆっくりと目を開く。王の傍らには黒い玉が落ちていた。おそらく駕国の玄武玉だろう。

「私は……」

「名前を言えるか」

「私は蒼波……駕国の王だ。だが……」

元の人格に戻ったのは確かなようだ。まだ何がどうなったのか理解できていないのだろう。

「私は沼の中でもがいていた。声だけはうっすら聞こえてくるが、どうにもできず……」

「必死で抵抗してたさ。だから海鳴は体を完全に自分のものにできなかった。頑張ったよな。ほら、護国玉だ。大事にしろよ。あ、割っても使えるぞ」

海鳴が三百年持っていたものを返したのだろう。

「詳しいことはあとでゆっくり説明してやれ。王后のほうも治っているだろう」

戻ったらしく那俞が起き上がった。

「那俞っ、おまえ最高」

　すぐさま銀髪の少年を抱きしめる。嫌がられても放す気はなかった。

「やめんか、気持ち悪い」

「おまえのおかげだって。始祖王たちを連れてきてくれたんだろ」

「彼らはすでに姿を持たない。天に混ざり、それぞれの人格もおぼろだ。担ぎ出せるものではなかった。それでも思思が見つけてくれていた」

　見れば部屋の隅の椅子に足を組んで座っている銀髪の小娘がいた。

「よう、ありがとうな——うぐっ」

　思わず抱きしめようとして、固く拒まれた。

「借りを返しただけだ。人ごときが触るでない」

　相変わらずの性格だった。

「天令や先祖まで利用するとはな、罰当たりが」

「いいもん悪いもん、なんだって利用するさ。全部俺の財産だ」

　少女の冷たい視線が心地良かった。

「そなたのために命を捧げようとした憐れな黒翼仙に声をかけてやらぬか」

　天令娘にそう言われ、飛牙はおうよと肯いた。

「わかっているって」

座りこんでいた裏雲の手を取る。

「痛むか」

「なんともない……海鳴が消えて、痛みはおさまった」

鼻の奥が熱くなって、涙が込み上げてくる。今こうして二人生き残ったことで、離れたくない気持ちは募るばかりだった。

「な、今までと何か違わないか。こうさ、生まれ変わったみたいな感じとか」

「そんなものはない。黒い翼はそのままだ。付け根は熱を持って凝っているし、許された気はまったくしない」

それを聞いて飛牙は唇を尖らせた。

「那兪、天を出せっ」

「どこまでも傲慢だな。そなたに呼び出す力などない」

「俺、頑張ったじゃねえか。少しくらいこっちの条件を呑んでくれたっていいだろ」

那兪はふんと鼻を鳴らす。

「そなたは始祖王頼みであったのだろうが」

「いやいやいや、始祖王たちだって俺の熱意に打たれたわけで」

必死で食い下がった。裏雲の命はもう長くない。これ以上天に認めさせる機会がそうそうあるとは思えなかった。

「徐の小童。我らに向かって騒いでもどうにもならぬぞ。こちらもそなたのせいで懲罰が待っておるのじゃ」

思思は立ち上がると銀色に輝く髪を邪魔だとばかりに手で払った。行くぞ、と那俞に顎で示した。

「そういうことだ。私たちは戻る。たとえどんな罰が待っていても、そこしか帰るところはない。天は呼べば応えるものではない。時の流れも違う。それが気まぐれに思えるだろうが。どうなるかはわからぬ、今は祈るがいい」

「……わかった」

ここで那俞を困らせてもどうにもならない。裏雲の命が尽きるまでまだ少し時間があると、自分に言い聞かせた。

「しばし、さらばだ」

那俞と思思が同時に光になって消えていく。それを見送り飛牙は長く息を吐いた。

「あなたがたは……？」

「王様はここで休んでいてくれ。今、王后を呼んでくる。それから春までここに泊めてもらうわ。氷骨も近づいているからもたもたできないぞ」

宥韻の大災厄をもたらした堕ちた天令は駕国にいるかもしれない。どのみち真冬で国境を越えるのが難しいなら、今はそちらを当たるのが得策だろうと考えた。

「氷骨が？」

蒼波王は目を見開いた。

「そ、対策たてろ。やることといっぱいだぞ。今夜はゆっくり休みな、嫁さんとな」

事情がわからないまま、王は黙って肯いた。

「楊近、あんたはどうする。もうここにはいられないだろ」

怪我をした足に巻けと飛牙は手拭いを渡してやった。

「私は……罪人ではないのか」

すべてを懸けて仕えた相手はもういない。楊近に争う気はなかった。

「あんたは〈王様〉の言うことをきいていたんだろ。それが悪いっていうならどんだけ罪人が出てくることか。だからいいんじゃないか。好きなところに行けば」

「足が治り次第、西異境に行く」

楊近は痛みをこらえて立ち上がった。

「寿白殿下。王都北の獄舎に、陛下たちの侍女や側近たちがまだ生きている。早く助けてやるといい」

「そりゃよかった。処刑されていなかったんだな。ありがとうよ」

疲れた笑みを見せ、楊近は王の間を出て行った。

「あなたは……徐国の寿白殿下か」

蒼波王に問われた。

「まあな。でも義兄弟とかはナシな。また裏雲の機嫌が悪くなる」

にんまり笑うと、裏雲が冷ややかな視線を投げつけてきた。

「ぬけぬけと」

「だってそのとおりだろ。じゃ、俺たちも空いている部屋で一休みすっか」

飛牙が差し伸べた手を摑み、裏雲はだるそうに立ち上がった。

「どうせ春になったら妻子のところに行くのだろう」

そのことを思い出して、飛牙は破顔した。

「そうだった。俺の子、絶対可愛いぞ。甜湘も紹介したいし、一緒に来るよな」

裏雲は鼻で笑った。

「誰が行くか」

「なんでだよ、ひねくれてるな」

「黒翼仙とはそういうものだ」

そんなものだろうか。燕国であった秀成からはあまり感じなかったが。

「その根性曲がりは黒いバサバサしたやつのせいか。くっそ、必ずなんとかしないとな」

「殿下は人の心の機微に疎いところがある。察しが良すぎても困るが。さて、転生外法も習得できなかったことだし、死に支度はしておかねばな」

裏雲はとっくに達観していた。できずにいたのは飛牙だけだ。

「俺、全然諦めてねえから」

扉を開けて廊下に出た。心なし刺すような城内の寒さも緩んだように感じた。傍らには裏雲がいる。

春はそこまで遠くない。

終章

月日は巡る。

あの日、師匠を手にかけてから十年。

燃え上がるのだろうか、この忌まわしき翼は。罪にまみれたこの身を灰一つ残さず焼きつくすのか。

裏雲（りうん）は木にもたれかかり、山頂から下界を眺めていた。

央湖（おうこ）のほとりだが、反対側は壮大な平野が広がる。再び冬を迎えようとしていた。

収穫を終え、眠りにつく田畑は白く雪に覆われ、麓の村では竈（かまど）から煙が上がっていた。

この季節には珍しく晴れた空に、飛びたいと羽が疼（うず）くような気がした。そんな力はない。ここで生きたまま焼かれるのだ。

澄んだ空は高い。どこまで昇れば天に着くやら。

一度高さの限界に挑戦したことがあったが、行けども行けども空だった。黒翼仙（こくよくせん）には敷居が高すぎるらしい。

その天に招かれる殿下が誇らしい。

「殿下……」

半年以上会っていないが、どうしていることやら。一緒にと言われても裏雲は首を縦に振らなかった。駕国に遅い春が来て、翼で山を越えられるようになり、裏雲は一人旅立った。

燕国に生まれたのは未来の女王だという。なんといっても殿下の娘だ。一度くらい見ておけばよかったのかもしれない。

名実ともに駕国の玉座についた蒼波王はよくやっているらしい。氷骨は間一髪、王都の前で消えた。自慢の術師たちを総動員し、民を守りきった。当然、隣国に攻め入る計画もなくなった。積み重なった問題を焦らず一つ一つ解決していこうと努めていた。あの美しい王后も夫を支えているのだろう。なんでも風の便りでは懐妊したとか。

越国では王が崩御し、今は余暉が王位についていると聞く。あの小僧っ子は寿白殿下と義兄弟であることを大いに自慢しているのだろう。

天下四国でその名を轟かす英雄寿白――

凍てつく国に春をもたらし、乾いた国に潤いを授け、争う国に調和を促す。そして愛しい故国を取り返す。

(結局、私が望んだ以上の男になっている)

何を思い残すことがあろうか。

罪を償うときが来た。

力を奪うために殺めた師匠は天の一員になっているのであろうか。そう思うと少しは救われる。だが、許されるとは思っていない。

私は焼き尽くされて、この世に生きた痕跡すら残さない。まるで初めから存在していなかったかのように。

「……それでいい」

師匠を手にかけたのは夕暮れ時だっただろうか。

もうじきだ。焼かれる。あの西の空に朱色が降りてくれば、罪深き人生を終えることができる。

裏雲は目を閉じた。

せめて見苦しい死に方はするまい。泣き叫んでなどやるものか。恍惚として焼かれてみせる。

そんなとき、目蓋を通してなお眩しさを感じた。光が近づいているのではないか。

「何が……？」

経験がないのでなんとも言いがたいが、もしかして焼かれる前に天令が報せにくるのだろうか。せっかくの覚悟を邪魔されたようで不愉快だったが、仕方なく目を開けてみる。

「……那兪か」

徐国の天令が来るのは当然なのかもしれない。

「こんなところにいたか」

那兪は少し怒っていた。天令というのはだいたい不機嫌らしい。

「これはこれは天令様。探させたのなら申し訳ない」

「まったくだ」

ふんっと吐き捨て、那兪は愛らしい顔を近づけた。

「そなたの馬鹿殿下に泣きつかれたのだ。裏雲を探してくれと。引き取れ、あの馬鹿を」

那兪は振り返って指さした。

「殿下……？」

見ると、なにやら若い男が四つん這いになってげえげえと吐いていた。

「何度連れてきてやっても慣れないらしくあのザマだ。奴にはとぼとぼ歩くか、せいぜい翼の者に抱きかかえられるくらいがちょうどいい。そなたにくれてやるから、ありがたく受け取れ」

　何を言われているのかよくわからなかった。

「私は……今日、焼かれるのでは」

「とりあえずまだ焼かないということだろう。飛牙がどう生きるか次第だ。駄目なら……おそらくその場でそなたは焼かれる。あの馬鹿が最後まで英雄として天下四国を導いていけるように見張っていろ」

　そう言われただけで体に力が戻ってきたような気がした。笑いが込み上げてくる。

「やっと会えたな……よかった。天がちょっとだけこっちの言い分認めてくれたのかな。もったいぶっているから、ずっとどうすりゃいいのかって」

　殿下が四つん這いのまま近づいてきた。

「黒翼仙を天が許すことはない。結局、天とは曲げられない秩序なのだから」

　那兪は厳かに言う。この天令も以前より陰を帯びてきた。許されない――その言葉は命ある限り胸の奥深くまで刻まれているだろう。

「那兪、そういやおまえどうなった。なんか酷い目に遭ってないよな」

「罰を受けられるうちはまだいい……」

　吐息とともにそう答えて、那兪はこちらの胸元に折りたたんだ紙を一枚入れてきた。どうやら殿下には内緒ということらしい。殿下はまだ吐き気がおさまらず、気付いていない。

「愛しい黒翼仙と私という天令を守るためにも粉骨砕身、英雄として生きるがいい」

「英雄なんて必要のない世がいいと思うんだけどな」

口元を押さえ、殿下は顔を上げた。

「そうもいくまい……達者でな、そなたとすごした時間は悪くなかった」

「最高だったって言えよ」

「すぐ調子にのる」

しばしの抱擁のあと体を離し、那兪は空を見上げた。

「戻らねば。もう簡単に頼ってはならんぞ」

「たまになら、来てくれるよな」

「……どうであろうな」

少し笑みを見せ、那兪は光になった。空高く消えてゆく。友を最後まで見送り、殿下はやっと安堵(あんど)したように笑った。

(私の殿下が子供のように笑っている)

その顔を、こうしてまだ見ることができるのだ。

「俺、旅の準備してきたから一緒に行こうな」

確かに背中に荷物を背負っているようだ。

「何を言っている。妻子がいるのではないか」

「天下四国の英雄を独り占めにはできぬ、友を助けずして国や民など救えまい、どうかお励みくだされ――そう甜湘に言われて送り出された。な、俺の嫁さん、かっこいいだろ」

確かに懐が大きい。赤子もいるのだから、夫にそばにいてほしいだろうに。これはもう仕方がない。祝福してやるほかはないだろう。

「私は英雄のお目付け役となったわけか」

天令にも夫人にも任せられたとあっては致し方ない。

「そういうことだ。よろしくな。で、みゃんと虞淵は？」

「焼かれるところを見せたくなくて別れた」

二人の暗魅はずいぶんと抵抗したが、最後には納得してくれた。本来彼らもまた一人ひっそり死んでいくことを求める種だ。

「だったら、そのうち合流しないとな」

向き合うと自然に笑いが込み上げてきた。

「天も地上も巻き込んで、黒翼仙なんかを助けるのか」

「んなもん当たり前だろ。で、どこ行く？　亘覧にも会いたい気がするな。うわ、寒いわ、火を焚かないと。今夜はゆっくり星空でも眺めるか」

日は沈み、深い夜がそこまで来ている。朱色に染まった西の空には夜の帳が降りようとしていた。

殿下が火を熾しているうちに、那俞に渡された手紙を開く。そこには予想どおりのことが書かれていた。

〈私が堕とされたら、すぐに天令を縛める封印具に入れ央湖に投げ捨てるように。これは飛牙ではできない。そなたにしか頼めない〉

あの可愛らしい天令はおそらくそこまで追い詰められているのだ。

(そうなったのは私にも責任がある)

だから拒むことはできない。ただ、今はそんなことにならないよう祈るだけだ。

「見ろよ、宵の明星だ」

焚き火の前で殿下は嬉しそうに空を指さしていた。

手紙をそっと焚き火にくべると、その傍らに立つ。今少し、何も考えず寄り添っていたかった。

今宵の星空は滲んで揺れて、特別に美しいに違いない。

●この作品は、二〇一八年四月に、講談社X文庫ホワイトハートとして刊行されました。
講談社文庫刊行にあたって、加筆修正を加えています。

|著者| 中村ふみ　秋田県生まれ。『裏閻魔』で第1回ゴールデン・エレファント賞大賞を受賞し、デビュー。他の著作に『陰陽師と無慈悲なあやかし』、『なぞとき紙芝居』、「夜見師」シリーズ、「天下四国(てんげしこく)」シリーズなど。現在も秋田県在住。

雪(ゆき)の王(おう)　光(ひかり)の剣(けん)

中村(なかむら)ふみ

講談社文庫

定価はカバーに
表示してあります

2020年7月15日第1刷発行

発行者——渡瀬昌彦
発行所——株式会社　講談社
東京都文京区音羽2-12-21　〒112-8001
電話　出版（03）5395-3510
　　　販売（03）5395-5817
　　　業務（03）5395-3615

Printed in Japan

デザイン—菊地信義
本文データ制作—講談社デジタル製作
印刷———豊国印刷株式会社
製本———株式会社国宝社

ISBN978-4-06-519715-8

講談社文庫刊行の辞

二十一世紀の到来を目睫に望みながら、われわれはいま、人類史上かつて例を見ない巨大な転換期をむかえようとしている。

世界も、日本も、激動の予兆に対する期待とおののきを内に蔵して、未知の時代に歩み入ろうとしている。このときにあたり、創業の人野間清治の「ナショナル・エデュケイター」への志を現代に甦らせようと意図して、われわれはここに古今の文芸作品はいうまでもなく、ひろく人文・社会・自然の諸科学から東西の名著を網羅する、新しい綜合文庫の発刊を決意した。

激動の転換期はまた断絶の時代である。われわれは戦後二十五年間の出版文化のありかたへの深い反省をこめて、この断絶の時代にあえて人間的な持続を求めようとする。いたずらに浮薄な商業主義のあだ花を追い求めることなく、長期にわたって良書に生命をあたえようとつとめるところにしか、今後の出版文化の真の繁栄はあり得ないと信じるからである。

同時にわれわれはこの綜合文庫の刊行を通じて、人文・社会・自然の諸科学が、結局人間の学にほかならないことを立証しようと願っている。かつて知識とは、「汝自身を知る」ことにつきていた。現代社会の瑣末な情報の氾濫のなかから、力強い知識の源泉を掘り起し、技術文明のただなかに、生きた人間の姿を復活させること。それこそわれわれの切なる希求である。

われわれは権威に盲従せず、俗流に媚びることなく、渾然一体となって日本の「草の根」をかたちづくる若く新しい世代の人々に、心をこめてこの新しい綜合文庫をおくり届けたい。それは知識の泉であるとともに感受性のふるさとであり、もっとも有機的に組織され、社会に開かれた万人のための大学をめざしている。大方の支援と協力を衷心より切望してやまない。

一九七一年七月

野間省一

講談社文芸文庫 

男

幸田 文

働く男性たちに注ぐやわらかな眼差し。現場に分け入り、プロフェッショナルたちと語らい、体感したことのみを凛とした文章で描き出す、行動する作家の随筆の粋。

解説＝山本ふみこ　年譜＝藤本寿彦

こF11
978-4-06-520376-7

講談社文庫　目録

西村京太郎　南伊豆殺人事件
西村京太郎　十津川警部 青い国から来た殺人者
西村京太郎　十津川警部 箱根バイパスの罠
西村京太郎　新装版 天使の傷痕
西村京太郎　新装版 D機関情報
西村京太郎　十津川警部 猫と死体はタンゴ鉄道に乗って
西村京太郎　韓国新幹線を追え
西村京太郎　北リアス線の天使
西村京太郎　十津川警部 長野新幹線の奇妙な犯罪
西村京太郎　上野駅殺人事件
西村京太郎　京都駅殺人事件
西村京太郎　沖縄から愛をこめて
西村京太郎　十津川警部「幻覚」
西村京太郎　函館駅殺人事件
西村京太郎　内房線の猫たち〈異説里見八犬伝〉
西村京太郎　東京駅殺人事件
西村京太郎　長崎駅(ナガサキ・レディ)殺人事件
西村京太郎　十津川警部 愛と絶望の台湾新幹線
西村京太郎　西鹿児島駅殺人事件
西村京太郎　札幌駅殺人事件
仁木悦子　猫は知っていた
新田次郎　新装版 武田勝頼〈(一)陽の巻 (二)水の巻 (三)空の巻〉
新田次郎　新装版 聖職の碑(いしぶみ)
新田次郎　新装版 風の遺産
新田次郎　新装版 鷲ヶ峰物語
日本文芸家協会編　愛染夢灯籠〈時代小説傑作選〉
日本推理作家協会編　犯人たちの部屋〈ミステリー傑作選〉
日本推理作家協会編　隠された鍵〈ミステリー傑作選〉
日本推理作家協会編　Play(プレイ) 推理遊戯〈ミステリー傑作選〉
日本推理作家協会編　Doubt(ダウト) きりのない疑惑〈ミステリー傑作選〉
日本推理作家協会編　Bluff(ブラフ) 騙し合いの夜〈ミステリー傑作選〉
日本推理作家協会編　Symphony(シンフォニー) 漆黒の交響曲〈ミステリー傑作選〉
日本推理作家協会編　Esprit(エスプリ) 機知と企みの競演〈ミステリー傑作選〉
日本推理作家協会編　Life(ライフ) 人生、すなわち謎〈ミステリー傑作選〉
日本推理作家協会編　Love(ラブ) 恋、すなわち罠〈ミステリー傑作選〉
日本推理作家協会編　Propose(プロポーズ) 告白は突然に〈ミステリー傑作選〉
日本推理作家協会編　Acrobatic(アクロバティック) 物語の曲芸師たち〈ミステリー傑作選〉
日本推理作家協会編　謎 010〈大沢在昌選 スペシャル・ブレンド・ミステリー〉
日本推理作家協会編　ベスト8ミステリーズ2015
日本推理作家協会編　ベスト6ミステリーズ2016
二階堂黎人　ラン迷宮〈二階堂蘭子探偵集〉
二階堂黎人　増加博士の事件簿
新美敬子　猫のハローワーク
西澤保彦　新装版 七回死んだ男
西澤保彦　人格転移の殺人
西澤保彦　麦酒(ばくしゅ)の家の冒険
西澤保彦　新装版 瞬間移動死体
西村　健　ビンゴ
西村　健　地の底のヤマ(上)(下)
西村　健　光陰の刃(やいば)(上)(下)
楡　周平　青狼記(上)(下)
楡　周平　陪審法廷
楡　周平　宿命(上)(下)〈ワンス・アポン・ア・タイム・イン・東京〉
楡　周平　血戦〈ワンス・アポン・ア・タイム・イン・東京2〉
楡　周平　修羅の宴(上)(下)
楡　周平　レイク・クローバー(上)(下)
西尾維新　クビキリサイクル〈青色サヴァンと戯言遣い〉

講談社文庫　目録

西尾維新　クビシメロマンチスト〈人間失格・零崎人識〉
西尾維新　クビツリハイスクール〈戯言遣いの弟子〉
西尾維新　サイコロジカル(上)〈兎吊木垓輔の戯言殺し〉(下)〈曳かれ者の小唄〉
西尾維新　ヒトクイマジカル〈殺戮奇術の匂宮兄妹〉
西尾維新　ネコソギラジカル(上)〈十三階段〉
西尾維新　ネコソギラジカル(中)〈赤き征裁 vs. 橙なる種〉
西尾維新　ネコソギラジカル(下)〈青色サヴァンと戯言遣い〉
西尾維新　ダブルダウン勘繰郎　トリプルプレイ助悪郎
西尾維新　零崎双識の人間試験
西尾維新　零崎軋識の人間ノック
西尾維新　零崎曲識の人間人間
西尾維新　零崎人識の人間関係　匂宮出夢との関係
西尾維新　零崎人識の人間関係　無桐伊織との関係
西尾維新　零崎人識の人間関係　零崎双識との関係
西尾維新　零崎人識の人間関係　戯言遣いとの関係
西尾維新　xxxHOLiC アナザーホリック　ランドルト環エアロゾル
西尾維新　難民探偵
西尾維新　少女不十分
西尾維新　本題〈西尾維新対談集〉
西尾維新　掟上今日子の備忘録
西尾維新　掟上今日子の推薦文
西尾維新　掟上今日子の挑戦状
西尾維新　掟上今日子の遺言書
西尾維新　掟上今日子の退職願
西尾維新　新本格魔法少女りすか
西尾維新　人類最強の初恋
西村賢太　どうで死ぬ身の一踊り
西村賢太　夢魔去りぬ
西村賢太　藤澤清造追影
仁木英之　真田を云て、毛利を云わず〈大坂将星伝〉(上)(下)
仁木英之　まほろばの王たち
西川善文　ザ・ラストバンカー〈西川善文回顧録〉
西川　司　向日葵のかっちゃん
西村雄一郎　殉愛〈原節子と小津安二郎〉
西　加奈子　舞台
貫井徳郎　新装版 修羅の終わり(上)(下)
貫井徳郎　妖奇切断譜
貫井徳郎　被害者は誰？
A・ネルソン　「ネルソンさん、あなたは人を殺しましたか？」
法月綸太郎　雪密室
法月綸太郎　誰彼
法月綸太郎　法月綸太郎の冒険
法月綸太郎　新装版 密閉教室
法月綸太郎　怪盗グリフィン、絶体絶命
法月綸太郎　怪盗グリフィン対ラトウィッジ機関
法月綸太郎　キングを探せ
法月綸太郎　名探偵傑作短篇集　法月綸太郎篇
法月綸太郎　新装版 頼子のために
乃南アサ　不発弾
乃南アサ　地のはてから(上)(下)
乃南アサ　新装版 鍵
乃南アサ　新装版 窓
野沢　尚　破線のマリス
野沢　尚　深紅
能町みね子　能スポ〈「能町みね子のときめきデートスポット」略して〉
能町みね子　能サポ〈「能町みね子のときめきサッカーうどんサポーター」略して〉
野口　卓　一九戯作旅

2020年6月15日現在